今野 敏

マル暴甘糟《あまかす》

実業之日本社

実業之日本社文庫

マル暴甘糟

1

甘糟達男《あまかすたつお》は、三十五歳の巡査部長だ。

北綾瀬《きたあやせ》署の刑事組織犯罪対策課の組織犯罪対策係に所属している。いわゆるマル暴《ぼう》刑事だ。

マル暴というと、たいていごつい刑事ばかりのように思われている。実際、甘糟が組んでいる郡原虎蔵《ぐんばらとらぞう》は、思いっきりごつい。

郡原は、いつも黒いスーツにノーネクタイ。髪は坊主刈りで、目つきが鋭い。百八十センチの長身で、少々太りはじめたとはいえ、学生時代から柔道で鍛えているので、すごくガタイがいい。

誰が見ても刑事ではなく、ホンモノに見える。

まあ、マル暴刑事は、たいてい対象とするその筋の人々と見分けがつかなくなる。

一方、甘糟は、郡原とはまったく対照的だ。

身長は人並み。体格もそれほどよくはない。実際は三十五歳だが、童顔なのでいつも三十前に見られる。

甘糟は、なぜ自分が組対係に配属になったのか、不思議でならなかった。

自分よりもっとふさわしい人材は、警察にはたくさんいるはずだ。署内を見渡しても、人相が悪いやつや、体のごついやつはたくさんいる。

自分がマル暴刑事をやらされているのは、何かの冗談ではないかと思ってしまう。あるいは、誰かの悪意だろうか……。

その日甘糟は当番で、夕食の後、ぼんやりとテレビを眺めていた。

同じ当番でも、強行犯係や盗犯係はなかなか忙しい。一一〇番通報があり、通信指令センターからの無線が流れると、常に耳を傾け、管内で起きた事件ならば、すべて確認を取らなければならない。

それに比べて、マル暴は比較的気が楽だ。暴力団が関わる事件というのは、実はそれほど多くはない。

マル暴が忙しいのは、事件にならない水面下の出来事に注意を払わなければならないからだ。

だから、当番のときにてんてこ舞いになることはあまりない。

テレビで二時間ドラマを見ていると、通信指令センターからの一斉連絡の無線が流れた。北綾瀬署管内で、傷害事件が発生したというものだ。

時刻は、午後十時半になろうとしている。

強行犯係の当番は、その瞬間から大忙しになった。係長に連絡を入れ、鑑識や地域係と連絡を取る。

現場の所在地を確認して、それをまた係長や係員たちに連絡をしている。

甘糟はその姿をテレビの前から眺めて、思った。

ああ、強行犯係はたいへんだなあ……。

マル暴もいやだけど、強行犯係もいやだ。強行犯係は、真夜中や夜明けに呼び出されることが多い。

だいたい、その時間帯に事件が起きたり、事件が発覚したりするからだ。

マル暴と強行犯係、どっちがいやだろう。多忙さで言うと強行犯係のほうがいやだ。だけど、やっぱりマルB《ビー》相手のマル暴刑事のほうが精神的には参るよなあ……。

世間では、暴力団のことをマル暴などと言ったりするようだが、甘糟たちプロは、マルBと呼ぶことが多い。

マル暴もマルBも、ほぼ同意語だが、マル暴のほうは、暴力犯担当の刑事を指すことが多い。

そんなことを考えていると、強行犯係の当番が甘糟のところにやってきて言った。

「のんびりテレビなんか見ている場合か」

その日の強行犯係の当番は、芦谷公助《あしやこうすけ》だ。四十二歳の巡査部長で、甘糟が組んでいる郡原と同じくらいに人相が悪い。

甘糟は、芦谷が苦手だった。芦谷だけでなく、こわい顔をした人はみんな苦手なのだ。

「は……?」

「は、じゃないよ。無線聞いただろう?」

「傷害事件でしょう?　強行犯係の仕事じゃないですか」

「マル害が、暴力団員風だって言ってただろう」

「そうなんですか?」

「被害者が、マルBだったら、抗争事件も考えられる」

「いや、抗争とか、聞いてないですけど……」

マル暴刑事は情報が命だ。担当しているマルBたちの動きを把握していなければ、マル暴刑事は失格なのだ。

だから、普段から組員たちと顔を合わせることが多い。何か妙な動きがないか探るためだ。

ハトも飼っている。ハトというのは、情報源のことで、組員や元組員を何とか引き込んで、情報を得るのだ。

その情報の集め方が、マル暴刑事の腕の見せ所なのだ。

甘糟は、抗争などということは一切耳にしていない。

「おまえが聞いてなくても、そういうことは起こり得るだろう。俺は現場に行く。組対係も来てくれ」

「あ、いや、来てくれと言われても……」

「刑事は、即動く」

「はい」

いつも、郡原にああだこうだ言われているのに、なんでよその部署の人にまでこんなことを言われなきゃならないんだ……。

甘糟は、そんなことを思いながら立ち上がった。所轄《しょかつ》の刑事の移動は、基本的に徒歩か電車だ。

芦谷は徒歩で現場に向かうようだ。甘糟は彼の後に続きながら、電話で係長と連絡を取った。

傷害事件の被害者が、暴力団員風だったということを告げると、係長は言った。

「よし、すぐに郡原に電話しろ」

「わかりました」

言われたとおり、郡原に電話をすると、ひどく不機嫌な声が聞こえてきた。

「何だ？」

毎日顔を合わせているのに、郡原の苦虫を噛《か》みつぶしたような顔を思い出すと、ついしどろもどろになってしまう。

「あの……。えーとですね……。管内で傷害事件があったという無線が入りまして……」

「傷害だと……？　強行犯係の仕事じゃねえか」

「あ、そうなんですが、えと……、なんか、マル害が、マルBらしいということで……」

うなり声が聞こえた。

「係長には？」

「知らせました。郡原さんに電話しろと言われまして……」

「わかった。場所は？」

「あ、えーと、ちょっと待ってください」

甘糟は、先を行く芦谷に尋ねた。

「すいません、現場はどこでしたっけ……？」

「何だとお……」

「あ、すいません、すいません……」

「綾瀬六丁目。レンタルビデオ屋の向かいの駐車場だ」

今時、レンタルビデオ屋とは言わない。だが、何を指しているのかはわかる。甘糟は現場所在地を郡原に伝えた。

「誰といっしょにいるんだ？」

「強行犯係の、芦谷さんです」

「おう、あいつがいっしょなら心配ないな。たっぷり教育してもらえ」

「はあ……」

電話が切れた。

芦谷は歩くのが速いので、ついていくのがやっとだ。芦谷だけではない。刑事はたいてい足が速い。食べるのも早い。

甘糟は、そういう警察のペースにいまだに慣れることができない。

同僚に、「よく初任科を卒業できたな」とか、「学校を逃げ出そうとは思わなかったのか？」などと言われる。

学校というのは、もちろん警察学校のことで、初任科は初任教養とも言うが、高卒なら十ヵ月、大卒は六ヵ月、寮に入ってたっぷりとしごかれる。

甘糟は大卒なので、六ヵ月間だったが、不思議なことに、辞めようとか、逃げようとかは思わなかった。

人生では、時に考えられないことが起きる。甘糟の初任科卒業もそうした奇跡の一つだったのかもしれない。

学校で挫折していれば、今こんな思いをしなくても済んだかもしれない。

そう思うこともある。だが、その一方で、辛《つら》いのは今だけかもしれないと思うのだ。いろいろな経験を積んで、管理部門にもぐり込んでしまえばこっちのものだ。

甘糟は、ひそかにそう考えている。

「傷害致死か、あるいは殺人になっちまいました」

現場に着くなり、誰かが芦谷に言った。

つまり、被害者が死んだということだ。芦谷が相手に尋ねた。

「被害者は？」

「病院です。運ばれて間もなく、死亡しました」

「身元は？」

「まだ不明。確認中です」

「マルBだという話もあるようだが……」

「未確認です」

それから、その男は、甘糟を見て言った。

「新人ですか？」

芦谷が苦笑した。

「こう見えても、多分あんたより年上だよ。組対係の甘糟だ」

「あ、マル暴……」

芦谷が甘糟に紹介した。

「機捜《きそう》の鹿沼《かぬま》だ。俺が北綾瀬署に来る前に、こいつといっしょだったことがある」

同じ所轄で刑事をやっていたということだろう。その後、芦谷は北綾瀬署の強行犯係にやってきて、鹿沼が機動捜査隊に異動になったというわけだ。

機動捜査隊は、若い刑事の登竜門と言われている。それだけに、きつい。普通の刑事は日勤だが、機動捜査隊は地域課などと同じく、三交代、あるいは四交代制だ。

機捜もいやだなあと、甘糟は思う。

鹿沼が言った。

「組対係ってことは、やっぱり被害者は、組関係なんですか？」

「いや、そうじゃないよ」

甘糟は慌てて言った。「暴力団員風だったということだから、念のために来てみただけだよ」

鹿沼はうなずいてから言った。

「年齢、二十代後半から三十代前半。オールバックにサングラス。口髭《くちひげ》。縦縞《たてじま》のスーツに先のとんがった革靴」

そんな特徴を聞いても、何の参考にもならない。

ツッパリや組の構成員は、実に類型的だ。分類するといくつかのパターンにすべて収まってしまうと言ってもいい。

今鹿沼が言ったのは、暴走族上がりの特徴だ。

芦谷が鹿沼に尋ねた。

「死因は？」

「詳しいことは、検視の結果を待たなければなりませんが、鈍器で殴られたようだということです。複数の殴打の跡があったということです」

「撲殺《ぼくさつ》か……」

芦谷が甘糟に言った。「マルBらしくないな……」

たしかに、プロなら撲殺などという手間のかかる殺し方はしない。

「はあ……。そうかもしれませんね」

「なんだ、頼りない言い方だな。おまえも、マルBの専門家だろう」

「まあ、一応は……」

そこに、郡原がやってきた。

「被害者、亡くなったそうだな？」

甘糟がこたえた。

「ええ、病院に運ばれてから間もなく……」

「目撃者は？」

機捜の鹿沼がこたえた。

「まだ出て来ていません」

「あの店は、深夜までやってるんだろう。客の出入りもあるはずだ」

郡原が、通りの向こうのDVDやCDのレンタルショップを指さして言った。

鹿沼がかぶりを振った。

「店の出入り口が向こう側を向いていますからね……」

たしかに、店の出入り口の側からは、現場となった駐車場は見えない。

「複数の殴打の跡があったということだから……」

CD・DVDレンタルショップのほうを見ながら、芦谷が言った。「複数の犯行と見て間違いないだろうな……」

郡原がそれにこたえて言った。

「だが、それほど大人数じゃない。おそらく、三人……」

「三人……？」

芦谷が聞き返す。

「そうだ。暴力犯のパターンだ。二人組ということはあまりない。なぜか三人というケースが多い。三人は、人間が社会性を発揮する最小単位とも言われている。二人だと社会はできない。だが、三人いるとリーダーが生まれる」

「四人だと多すぎる？」

「四人以上だと目立つだろう。だが、見張りや運転手といった別の役割を持ったやつがいたとしたら、四人以上ということも考えられる」

「なるほど……」

甘糟も、郡原の話を聞いて、芦谷同様に、心の中で「なるほど」とつぶやいていた。

「今、甘糟とも話していたんだが……」

芦谷が郡原に言った。「集団でぼこぼこってのは、マルBの手口じゃないなって……」

郡原は、しばらく考えてから言った。

「たしかに、殺すことが目的だったら、そんなまどろっこしいことはしないな。チャカでずどんか、匕首《あいくち》でぶすりだ」

聞いていて、ぞっとした。

甘糟は、本当に暴力の臭いに弱い。

「じゃあ、抗争事件とかじゃないということだな？」

「いや、そうとも言えない」

「どうしてだ？」

甘糟も、どうしてだろうと思った。

「消すのが目的でなく、あくまで痛めつけることが目的だったら、こういうこともあり得る」

「わかった。こっちは、怨恨《えんこん》、物盗《と》り、その他もろもろの可能性を考えて捜査する。そっちは抗争事件を洗ってみてくれ」

「了解だ。聞き込みで何かわかったら教えてくれ」

「もちろんだ」

それから郡原は犯行現場に歩み寄った。地面に血が落ちている。それを、チョークで囲ってあった。すでに鑑識の作業は終了している。

甘糟は、こうした殺伐《さつばつ》とした雰囲気が大嫌いだった。気分が悪くなりそうだ。なるべく何もしないで済むように、郡原の後ろで小さくなっていた。

郡原は、血だまりを見て、それから通りのほうを見た。それから、また大きな血だまりに眼を戻す。

郡原が独り言のように言った。

「あそこに車を停《と》めて、金属バットか鉄パイプのようなもので襲撃。そして、すぐに車で逃走……。そういったところだな……」

甘糟は恐る恐る尋ねた。

「どうしてそんなことがわかるんですか？」

「目撃者が少ない。そして、犯人たちは血を踏んでいない。それで逃走路がだいたいわかる」

「ここ、駐車場ですよ。ここに車を停めて待ち伏せしていたかもしれないじゃないですか」

「いや、こういう襲撃は、ヒット・アンド・アウェイだ。車で乗り付けて、すぐに逃走する。それがパターンだよ」

「暴力団とは限らないですよね。だったら、俺たちの仕事じゃない……」

郡原が甘糟を見て、にっと笑った。

「なかなかいい心がけだ。だがな、神様は俺たちに楽をさせちゃくれねえよ」

「これから、どうするんです？」

「ホトケさんでも拝みに行くか……」

甘糟は、また嫌な気分になった。

何年経《た》っても死体に慣れないのだ。周りの警察官は、死体を見ても平気な顔をしている。たしかに、刑事と葬儀屋は、日常的に死体と関わっている。だから、慣れっこになってしまうらしい。

だが、それも人によると、甘糟は思った。

そう言えば、刑事を長年続けると、妙に信心深くなると聞いたことがある。それも、死体と関わることが多いからだろう。

郡原は、病院に向かう。甘糟だけ帰るというわけにもいかない。

現場に来るときに、芦谷の後ろ姿を追っていたのと同様に、今度は郡原の背中を追っていた。

2

「こいつ、ゲンじゃねえか……」

遺体の顔を見て、郡原が言った。

「え、ゲン……？　東山源一《ひがしやまげんいち》ですか……？」

「やっぱ、こういうやつらは、ろくな死に方しねえよなあ……」

しみじみとした口調だが、言っていることはすごく辛辣《しんらつ》だと、甘糟は思った。

東山源一は、多嘉原《たかはら》連合の構成員だ。たしか、まだ二十八歳だったはずだ。

多嘉原連合は、北綾瀬署管内に本部事務所を持つ暴力団だ。関東の大組織である坂東《ばんどう》連合の二次団体だ。

組長の多嘉原由紀夫《ゆきお》は、すでに七十歳を超えているが、まだ隠居せず、坂東連合の理事に名を連ねている。

甘糟は、何度か見かけたことがあるが、とてもヤクザに見えないダンディーなじいさんで、それが逆に物騒だ。

マルBと一般人は、ちゃんとした棲《す》み分けができている間は、それほど危険も害もない。彼らが奇抜な服装や髪型をするのは、住んでいる世界が違うということを示すためでもある。

だが、マルBも年を取り偉くなればなるほど、一般人と区別がつかなくなる。それがやっかいなのだ。

マルBと知らずに付き合っているとたいへんなことになりかねない。

「たしか、東山源一は、マル走《そう》上がりでしたね」

「ああ、そうだ。組の中では将来有望だと言われていた」

あの世界で有望だというのは、つまり、それだけ悪いということだ。

いつもわざとたっぷりとした縦縞のスーツを着ていた。中に着ているのは、ノーネクタイのワイシャツだったり、ハイネックのシャツだったりした。

オールバックに薄い色がついたサングラス。それに口髭……。

生きているときは、暴力的な臭いを周囲に振りまいており、甘糟は眼も合わせたくないと思っていた。

今、衣類をすべてはぎ取られて横たわっている姿は、ずいぶんと哀れに見えた。

「組員が撲殺されたとなると、多嘉原連合も黙ってはいられないだろう。やつらが、どんな動きをするか、見張らなけりゃならないな……」

「今からですか……?」

「そうだよ。やつらに時間は関係ない。その点、実に働き者だ。警察顔負けだ」

「でも、強行犯係でも、まだ身元を特定していないんですよ。身内が殺されたことなんて、まだ知らないでしょう。おそらく、報道されるまで気づかないんじゃないですか?」

「マルBをなめちゃいけない。やつらの裏の情報網は、時には警察を凌《しの》ぐこともある」

そう言って郡原は、霊安室を出た。

廊下で携帯電話を取り出した。

「あ、芦谷か? 郡原だ。マル害の身元がわかった。東山源一、二十八歳。多嘉原連合の構成員だ」

電話を切ると、郡原が言った。

「おまえ、ゲンと親しかった組員を知っているな」

「ゲンの兄貴分で、アキラというのがいましたね……」

「そう。唐津晃《からつあきら》だ。そいつの居場所をつきとめて、張り付け」

時刻は、すでに午前零時を過ぎている。まっとうな勤め人なら寝ている時刻だ。だが、マルBは何をしているかわからない。

郡原が言ったとおり、彼らはよく働き、そしてよく遊ぶ。まったく信じがたい体力をしている。

そのために覚醒剤《かくせいざい》が必要だという説もある。

甘糟は、署に帰りたいと、心底から思う。朝まで署で過ごせば、朝からは明け番のはずだった。

この分では、明け番も吹っ飛ぶに違いない。貴重な休みがまた奪われた。

「郡原さんは……？」

「俺は、多嘉原連合の本家の様子を見てくる」

そういうことなら、いたしかたない。

組事務所を覗《のぞ》きに行くより、組員一人の様子を見ていたほうが気が楽に決まっている。

二人は病院を出ると、そこで別れた。甘糟は、常磐《じょうばん》線と東京メトロ千代田《ちよだ》線の綾瀬駅方向に向かい、郡原は逆方向に向かう。

多嘉原の自宅兼事務所は、谷中《やなか》四丁目にある。東京地下鉄綾瀬工場の近くだ。

そのあたりは、商店街からは遠く離れた住宅地で、事務所としては不便な場所だが、今時、マルBはそういうところにしか事務所を構えることができない。

本来は、事務所など持つことはできないのだ。改正暴対法は、おそろしく締め付けがきつく、暴力団に対して、事業者の一切の利益供与を禁じている。

つまり、暴力団と知って、何かの契約をしたら、その事業者も罪に問われる可能性があるのだ。

施行時には、暴力団にピザを配達しても捕まる、などと言われたものだ。

唐津晃、通称アキラは、駅前の飲食店街を仲間とパトロールしているはずだ。あるいは、どこかで飲んでいるか……。少なくない飲食店が、多嘉原連合にミカジメ料を支払っている。

もちろん暴対法違反だが、古い商店街は、暴対法施行のはるか以前から地元の組と付き合いがあり、法律違反だからといってすぐに縁を切ることなどできない。

警察庁や警視庁の偉いさんは、暴力団根絶などと言っているが、日本の社会構造そのものが生みだした暴力団という存在を、この世から消し去ることなどできないと、甘糟は思っている。

そりゃあ、あんな連中はいなくなったほうがいい。

そばにいるだけで落ち着かなくなるし、麻薬を売ったり、女を風俗に売り飛ばしたり、悪いことばかりやっている。

勢力拡大のために抗争事件を起こすし、物騒なことこの上ない。

だが、世の中の悪いやつらは暴力団だけではない。どんな社会にも、一定の割合で反社会的な人間はいる。

環境のせいで、あるいは、生まれつきの気質のせいで、そういう人間が存在するのだ。

不良の多くは更生しない。たいていは更生するふりをするだけだと、甘糟は思っている。

暴走族やギャングと呼ばれる不良集団は、実は暴力団よりもタチが悪い。暴対法で縛れないからだ。

昔は、ヤクザが不良少年たちの抑止力になっていた。そのヤクザが暴対法の名のもとに締め付けられ、権威をなくしたことで、不良少年や、元不良少年、元暴走族といった集団が、街で暗躍することになる。

彼らは、ドラッグや脱法ハーブなどを売りさばき、徒党を組んで暴力を振るう。組織的に振り込め詐欺《さぎ》をやったりする。

これは、マル暴刑事としては、絶対に口に出して言えないことだが、暴力団というレッテルを貼って撲滅などという実のない努力をするより、ヤクザにある一定の役割を与えたほうが世の中丸く収まるのではないかと、甘糟は思っていた。

警察はいつも人手不足で忙しい。街の治安の一部を彼らに任せることで、警察にも余裕ができ、重大な犯罪の検挙率や住民に対するサービスも向上するに違いない。

実際、江戸時代は、そういうシステムだったのだ。十手持ちの親分さんは、ヤクザだ。

清水《しみず》の次郎長《じろちょう》は、地域の人々に尊敬されていた。

また、戦後の混乱期に、体を張って治安維持に努めたのは、警察でもＧＨＱでもなく、愚連隊などと呼ばれた集団だった。

吉田茂《よしだしげる》内閣の時代に、当時の法務総裁だった木村篤太郎《きむらとくたろう》が、全国の任侠《にんきょう》系、神農《しんのう》系団体を組織化して、共産主義に対抗するという構想を打ち出した。

「反共抜刀隊《ばっとうたい》」構想だ。結局、吉田首相の反対にあい、実現しなかったが、根回しはかなりのところまで進んでいたという。

まあ、今時そんなことを言い出したら、発狂したと思われるだろうが、ガチガチに締め付けて、自棄《やけ》を起こされて犯罪に走られたり、地下に潜られたりするより、マシなアイディアがあるような気がする。

甘糟はいつもそう思うのだ。

暴力団の味方をしているわけではない。

だが、実際に彼らと接していると、そのしたたかさがよくわかる。彼らは、必死で法律を勉強し、その隙間を衝《つ》いてくる。

看板を下ろさせようが、解散をさせようが、それは形だけのことなのだ。

フロント企業や企業舎弟をうまく使い、彼らはしぶとく生き残る。そして、どんどん実態が把握しにくくなっていく。

それも、改正暴対法の悪影響と言えるだろう。

暴力団を解散しても、ヤクザは決していなくならない。地下に潜った犯罪組織ほど手に負えないものはない。

そして、暴力団の実態は見えづらくなり、半グレなどと呼ばれる不良集団がますます大きな顔をするようになっていく。

官僚は、理想論ばかり振りかざして、現場で何が起きているのかを知ろうとしない。おそらく報告を聞いたり、有識者の意見を聞いたりしているのだろうが、そんなものは実際の現場とは違う。

ヤクザも生きていかなければならず、そのためなら何でもする。警察庁の官僚たちには、彼らの必死さが理解できていない。

だから、俺たち現場が苦労するんだ。

甘糟は溜《た》め息をついた。

綾瀬駅の南側にあるキャバクラに寄ってみた。

店長が出て来て言った。

「おや、甘糟さん。見回りですか？　一時にはきっちり店を閉めますよ」

「俺、風営法の担当じゃないよ。アキラを見なかった？」

「一昨日、いらしてましたね」

「ただ飲みとかしてないだろうね」

「ちゃんとお代は頂戴していますよ。アキラさんがどうかしましたか？」

「いや、ちょっとね……」

どうせ、明日になればゲンが死んだことはニュースで流れるのだ。新聞にも載るだろう。だが、甘糟の口からは言いたくなかった。

報道前に、余計なことを言うと、情報の漏洩《ろうえい》だと言われてしまう。

「アキラさんなら、きっと『ジュリア』にいますよ。最近、あそこに気に入った子がいるみたいだから」

さすがに蛇《じゃ》の道は蛇《へび》だ。

「行ってみるよ」

「今度、遊びに来てくださいよ。サービスしますよ」

「よしてよ。そういうこと言うと、贈収賄《ぞうしゅうわい》になりかねないよ」

「サービスするのが、賄賂《わいろ》になるんですか？」

「さあね……」

甘糟は店を出て、店長が言っていた『ジュリア』に向かった。

今の店と同じキャバクラだ。規模も同じくらいだ。

甘糟が近づくと、客引きが嫌な顔をした。

「何だよ」

甘糟は言った。「なんでそんな顔するんだよ。何か悪いこと、やってんの?」

「客引きは迷惑防止条例違反でしょう?」

「そうだけど、俺とは関係ないよ」

「なんで?」

「俺、マル暴だからね。条例違反なんて、いちいち取り締まらないよ」

「へえ、そうなの?」

「あんたのこと、一度も捕まえたことないだろう」

客引きは、しばらく考えてから言った。

「現行犯逮捕を狙っているのかと思った」

「俺、そんなに暇じゃないんだよね。アキラを探しているんだ」

「ああ、アキラさんなら来てるよ」

「やっぱりここだったか。ちょっと邪魔するよ」

客引きは、猜疑心《さいぎしん》に満ちた眼で甘糟を見つめていた。

店に入るとすぐに、黒い背広姿の若い男が近づいてきた。知らない男だ。こういう店は、ホステス同様に、男性スタッフの入れ替わりも激しい。

そういえば、キャバクラでは最近、クラブのようにホステスなどとは言わなくなったようだ。キャストなんて言い方をする。

キャストって何だよと、甘糟は思う。

映画やテレビドラマの出演者じゃないんだから……。

「いらっしゃいませ。お一人ですか？」

「いや、客じゃないんだ……」

とたんに剣呑《けんのん》な表情になる。

「客じゃない……？　どういう意味だ？」

甘糟は、店内を見回した。それほど広い店ではない。奥のほうにアキラがいるのが見えた。

「あの人にちょっと用があってね……」

「アキラさんに何の用だ？」

この若いのは、どうやらアキラの息がかかっているらしい。多嘉原連合の準構成員か何かかもしれない。

あるいは、アキラが個人的にかわいがっている暴走族かギャング上がりだろうか。

水商売で暴力団員を雇うとは思えない。そのへんの線引きは意外ときっちりしている。

「いや、ちょっと話があるだけだよ」

ちょっと不安そうな表情になった。

「アキラさんのお知り合いでしたか」

「まあ、そんなもんだよ」

「失礼しました。ご案内します」

「ああ、いいよいいよ」

着飾った若い娘たちが接客するテーブルの前を通り抜け、アキラの席に近づいた。

アキラは甘糟に気づいて、笑顔を見せる。

「よう。あんたも飲みに来たのか？」

余裕の表情だ。まだ三十歳になったばかりだが、もう大物気取りだ。

「そんなわけないだろう。仕事だよ」

「まあ、座んなよ」

やはりまだ、ゲンの一件は知らないようだ。甘糟は様子を見ることにした。

「じゃあ、お邪魔するよ」

「飲みなよ。俺のおごりだ」

「冗談じゃないよ。俺の立場考えてよ。あんたにおごられたりしたら、大問題だよ」

アキラは、両側についていたホステスに言った。

「この人はね、こう見えても刑事さんなんだよ」

アキラの右側にいた、やたらに付け睫毛《まつげ》が目立つ丸顔の子が言った。

「えー、刑事さんなの？　手帳持ってる？」

甘糟はこたえた。

「仕事中だから持ってるよ」

アキラの左側にいる、細身でショートカットの子が尋ねる。

「拳銃とか、持ってるの？」

「必要ないから持ってないよ」

アキラが言う。

「仕事だって言ったな。俺に会いに来たってわけか？」

「まあ、そういうことだね」

「何の用だ？」

甘糟は、考えた。

今ここで、ゲンが襲撃されて死んだことを教えたら、アキラはすぐに行動を開始するだろう。

わざわざ騒ぎを大きくすることはない。どうせ、明日になればおそらく、組の連中は慌ただしく動きだす。

いや、もしかしたら、夜明け前に誰かが嗅ぎつけて、知らせが回るかもしれない。

「いつもの情報収集だよ」

甘糟はお茶を濁《にご》そうとした。

「そんなわけねえだろう。こんな時間に俺に会いに来て、世間話をしようってのか？」

「別にいいだろう」

次第に落ち着かなくなってきた。仕事じゃなければ、暴力団員と話なんてしたくはない。

いつまで経っても、慣れないのだ。

「ふん、まあ、世間話に付き合ってやってもいい。その代わり、あんたも飲めよ。それが付き合いってもんだろう」

こんな店で金を使うのは嫌だった。だが、アキラが言うことも、もっともだと思った。楽しく飲んでいるところに、いきなり刑事が訪ねてきたのだ。

「じゃあ、ウーロン茶をもらうよ」

女の子が男性スタッフを呼んで言った。

「ご新規よ。ゲスタン（ゲストタンブラー）とウーロン・ピッチャー」

「なんだよ。下戸じゃないんだろう？」

「仕事中だって言っただろう。俺、今日当番なんだよ」

アキラが怪訝《けげん》な顔になる。

「当番なのに、わざわざ俺に会いに来たってのか？　いったい何があった？」

「組対係の当番って、暇なんだよ。だからちょっと抜けだして来た」

「ふうん……」

アキラがウイスキーの水割りを一口飲む。「警察もけっこういい加減だな」

「まあね。適当にやってないと、もたないんだ」

「それで……？　どんな世間話がしたいんだ？」

甘糟は、グラスのウーロン茶を半分ほど飲み干した。喉《のど》が渇いていた。

「あのさ、近々抗争なんて話、ないよね？」

アキラがきょとんとした顔になった。

「それ、何の冗談だ？」

「いや、冗談じゃなくてさ……」

「ちょっと……」

アキラが立ち上がった。甘糟をカウンターのほうに連れて行き、小声で言った。

「抗争なんて野暮な話、やめてくれねえかな……。女の子がびびっちまうじゃねえか」

「あ、申し訳ない。でもね、こっちも仕事なんで……」

アキラは、舌打ちした。

甘糟は、尋ねた。

「それで、どうなの？」

「何が？」

「抗争だよ」

「そんな話があったら、俺がここでのんびり飲んでいると思うか？」

「忙しくたって、プライベートタイムを大切にする人はいる」

「抗争ってのは、戦争だよ。プライベートもへったくれもねえんだよ」

「今は、何もないってことだね？　それ、信じていいんだね？」

アキラは、眉をひそめた。

「いったい、何があったんだ？」

「どうして何かあったと思うんだ？」

「だって、おかしいじゃねえか。突然会いに来て、抗争の話はないか、なんて訊《き》くんだ」

どうこたえようか考えていると、アキラの携帯が振動した。アキラはすぐに電話に出た。

みるみる顔色が変わっていく。

「何だって……」

アキラの眼がぎらぎらと光りはじめる。怒りのためだろう。その眼を甘糟に向けた。

甘糟は、恐ろしくて逃げ出したくなった。

電話を切るとアキラが言った。

「あんた、知ってたんだな……」

甘糟はしどろもどろになる。

「知ってたって、何のこと?」

「ゲンのことだ。襲撃されて殺されたそうだな」

「いや、詳しい事情はまだわかっていないんだ。だからさ……」

「だから、抗争なんて話を、俺に訊きに来たわけだ」

「いや、まあ、その……」

「ゲンは、俺にとっちゃ弟みたいなもんだった。それを殺されたんだ。黙っちゃいられねえ」

甘糟は青くなった。

「仕返しをするってこと……? 相手が誰かわかっているのか?」

「それを、あんたから聞き出そうじゃねえか」

「俺は何も知らないよ」

「どうだかな……。ちょっと付き合ってもらうよ」

「なに……？　え？　付き合うって、どこに……」

「いいから来い」

甘糟は、アキラに引っぱられて店の外にやってきた。若い坊主刈りの男が一人、すぐに駆け寄ってきた。

アキラが、甘糟の襟首《えりくび》をつかまえたまま、その若者に言った。

「事務所に行く」

「わかりました」

若者は、路上駐車していた車の元に駆けていった。

甘糟は言った。

「なに……？　俺を事務所に連れて行くってこと？　刑事を脅迫するなんて、やめたほうがいいよ」

アキラは、近くに停まった車に、無言で甘糟を押し込んだ。

3

甘糟は、運転席の後ろの席に押し込められ、隣にアキラがどっかと座った。

三十そこそこで、運転手付きの車に乗れるのか……。

警察官なら、本部の課長クラスにならないと公用車には乗れない。

ヤクザは、出世が早い。三十代で幹部は珍しくない。

早死にするからだという説もあるが、実力の世界だからと言う者もいる。

事実、年を取ってもうだつの上がらないヤクザは大勢いる。最近の傾向で、経済ヤクザは早くに出世する。

一方、神農系のテキヤさんたちは、いくつになってもあまり変わらない傾向がある。

世の中金次第というが、ヤクザの世界はそれが如実だ。

いや、そんなことを考えている場合ではなかった。

甘糟は今、組事務所に連れて行かれようとしている。

アキラこと唐津晃は、かなり興奮している。こういう連中は、頭に血が上ると何をするかわからない。

自制心などという言葉とは無縁の連中だ。自制心があればヤクザになどならないだろう。

マルBは、一般的には警察官には逆らわない。警察と事を構えても何の得にもならないことを知っているからだ。

だが、それも時と場合による。マルBは、頭にくると、後先のことなど考えなくなるのだ。

多嘉原連合の事務所は、狭い敷地に建てられた四階建てのビルだ。一階が組事務所。二階から上が、組長多嘉原由紀夫の自宅となっている。

実質、二階は、若い組員たちが寝泊まりする宿泊所のようなものになっている。

車が事務所の正面に停まり、アキラが運転手に言った。

「今日は、これから忙しくなるかもしれない。待機していろ」

「ウッス」

「ウッスじゃない。暴走族じゃねえんだ。はい、わかりました、とちゃんと返事をするんだ」

「はい、わかりました」

それから、アキラは甘糟に言った。

「降りてくれ」

「いや……。別に俺、用事ないし……」

「こっちにあるんだよ。さあ、来るんだ」

いくらマル暴刑事だからといって、一人で事務所に連れ込まれるのは、あまりに危険だ。しかも、アキラは、そうとうに頭にきている様子だ。

唯一の望みは、郡原だ。

彼は、甘糟と別れて、多嘉原連合の事務所に向かう、と言っていた。

郡原が事務所にいる可能性は大きい。彼がいてくれれば安心だ。

アキラが甘糟の腕をつかんで、ドアを開けた。甘糟を先に入れる。

真夜中だというのに、事務所の中はあわただしかった。いや、殺気立っているというべきか……。

いつもは、夜中は、当番が二、三人いるだけなのに、今夜は五人ほどいて、携帯電話で誰かと連絡を取っている。

甘糟は、郡原の姿を探した。

そして、甘糟はがっくりと肩を落とす。郡原はいなかった。

「あ、アキラさん……」

若い坊主刈りの男が言った。黒いジャージを着ている。「ゲンのやつが……」

「話は聞いた。何か情報は？」

「自分らも、今しがた話を聞いたばかりで、まだ何もわかっていません」

アキラは、甘糟を見た。

「今から、いろいろと教えてもらうことにするよ」

甘糟は慌てて言った。

「いや、俺、何も知らないから……」

「何か知っているから、俺に会いに来たんだろう？」

「そうじゃなくて……。そっちが何か知っているんじゃないかと思って……」

アキラが突然大声を張り上げた。

「お客さんに、お茶をお出ししねえか」

若い連中が慌ててその場で気をつけをし、一人が給湯所に走った。

甘糟は言った。

「お茶はいらないって、いつも言ってるだろう。俺があんたらからごちそうになるわけにはいかないんだよ」

「茶くらい、どうってことないだろう」

「そうはいかないんだ。お茶を一杯ごちそうになるだろう。じゃあ、お茶請《う》けの菓子でも、って話になる。そして、まあ、飯でも取りましょうなんてことになって、そのうち酒をおごられたりするようになり、気がついたら抱き込まれているってことになりかねない」

アキラは、あきれたような顔になり、言った。

「飯なんかおごる気はないから安心しな。それより、ゲンのことだ。殺《や》ったのは誰だ？」

「知らないって言っただろう。だいたいね、俺、殺人の担当じゃないんだよね。だから、何も知らないんだ」

「ゲンは、うちの人間だったから、あんたの仕事だろう」

「俺たち、強行犯係に情報提供するだけだよ。何度も言うけどね、これ、殺人事件だからね。俺の担当じゃない。ま、抗争事件だというのなら、話は別だけど……」

「それで、『ジュリア』で俺にあんなことを訊いたのか？」

若い男が、盆に茶碗《ちゃわん》を載せてやってきた。

アキラは、事務所の隅にある応接セットを顎《あご》で示した。

「まあ、座んなよ。落ち着いて話を聞こうじゃないか」

「だから、話すことなんてないって……」

「座ってくれねえと、茶も出せないんだよ」

「茶はいらないって……」

アキラが凄《すご》んだ。

「座れって言ってるんだ」

若いくせに迫力があった。

刑事に凄むなんて、とんでもないやつだ。そんなことを思いながら、甘糟はとにかく言われるとおりに応接セットのソファに腰を下ろすことにした。

アキラがテーブルを挟んで、向かい側に座る。

すぐさま若い男が、甘糟とアキラの前に茶が入った茶碗を置いた。

アキラが、それをすする。甘糟は手をつけなかった。

「現場、見たんだろう?」

アキラが甘糟に尋ねた。

「現場……?」

「ゲンが殺された現場だよ」

「ああ……。行ったよ」

「なら、何にも知らないってことはねえだろう」

「強行犯係の人に引っぱって行かれただけだよ。被害者がマルB風だという無線が流れたんで……」

「あんた、ゲンのこと、知ってたよな」

「まあね……」

アキラは、溜め息をついた。

酒が醒《さ》めてくるにつれて、怒りも鎮まってきたようだ。

「……で？　どんなふうに殺られたんだ？」

「複数の人間に、鈍器のようなもので殴られた」

アキラの眼がすっと細くなった。その奥が底光りしている。それを見て、甘糟はぞっとした。

「フクロにされたってことだな？」

「そういうことだね」

甘糟は、恐る恐る尋ねた。「何か、心当たり、ある？」

アキラが甘糟を睨《にら》んだ。

「俺に心当たりがあるわけねえだろう」

「でも、ゲンのこと、かわいがっていたんだろう？　昔の仲間とのトラブルとか……」

アキラは、考え込んだ。

何か思い当たる節があるのかもしれない。甘糟は、アキラが何か言うまで待つことにした。

思わず茶に手を出しそうになり、あわてて引っ込めた。

やがて、アキラが言った。

「ゲンは、昔の仲間とはもうきっぱりと切れていたはずなんだ……」

「そう簡単に、切れるもんじゃないだろう。暴走族は抜けたとしても、OBなんだし……」

アキラはかぶりを振った。

「ゲンはな、ランクアップしたんだよ」

「ランクアップ？」

「そう。極道ってのは、プロだ。アマチュアの暴走族とは決定的な違いがあるんだ。だから、いくら昔の仲間だとはいえ、もう住む世界が違うんだよ」

「はあ……」

裏の世界にもいろいろと事情があるのだ。まあ、アキラが言っていることはわからないではない。

「でも、最近は、アレだろう？　半グレたちが幅をきかせていて、あんたたちも、何かとやりにくいと聞いたよ」

アキラは顔をしかめた。

「警察は、俺たち極道を目のかたきにするけどな。今一番タチが悪いのは、その半グレだよ」

「裏社会の約束事が通用しないんだな？」

「そういうことだ。やつらは、守るものがないから、攻めるだけだ。ハイエナと同じだよ」

マルBだって似たようなものだろう。

そう思ったが、もちろん口には出さない。甘糟は、ふと思いついて言った。

「ゲンの元仲間に半グレがいて、何かトラブルになったとしたら、ああいうやられ方もうなずけるんじゃない？」

アキラの眼差《まなざ》しがさらに鋭くなった。甘糟は、余計なことを言ってしまったと、後悔した。

「ゲンをやったのは、半グレだということか？　ゲンがいた族のOBなんだな？」

甘糟は、慌てて言った。

「俺はそんなこと、言ってないよ。俺は何も知らないんだってば」

「手口を見て、警察は族かそれに関係するようなやつらの仕業《しわざ》だと見ている……。そういうことだろう？」

「いや、今言ったことは、単なる俺の思いつきだよ」

「ゲンは、元の仲間と何か揉《も》め事を抱えていたのか？」

甘糟は、驚いて言った。

「それ、さっき俺があんたに質問したことだよ」

これだからヤクザは油断ならない。

いつのまにか、相手が言ったことが自分の言ったことになったりする。その逆もある。そうして、言質《げんち》を取り、相手を言いなりにしてしまう。

だから素人《しろうと》は、ヤクザとの論争に勝てない。ただ単に、ヤクザが暴力をちらつかせるからではない。

彼らは全力で相手を言いくるめようとする。生半可な気持ちでいる素人が、勝てるはずがないのだ。

彼らの言いなりになるのが嫌だったら、相手の言うことをしっかり聞いて、本気で考え、全力で反論することだ。

アキラがさらに言った。

「現場で、他に何か気づいたことはないのか？」

「あのね、そういうことをしゃべったら、捜査情報の漏洩になるんだよ。地方公務員法違反で捕まっちまうよ。そうなれば、当然懲戒免職だ」

「こっちは、身内を殺されてるんだぞ」

「そんなこと言われても……」

そのとき、玄関とは逆の側にあるドアのあたりから声がした。

「何だい、騒々しいね」

穏やかな声だった。

その瞬間に、若者たちが気をつけをし、アキラも立ち上がった。

つられて、甘糟も立ち上がっていた。

多嘉原由紀夫だった。

ロマンスグレーに口髭。金色のガウンに臙脂《えんじ》のアスコットタイという、今時よそでは決して見かけることはないだろうという格好をしている。

昔、海外の金持ちは、こういう格好をしてくつろいでいるという勘違いをして、映画やテレビドラマに登場させた出《い》で立《た》ちだ。

「これは、甘糟さん」

多嘉原由紀夫は、片方の眉を吊《つ》り上げて言った。「こんな時間に、いったい何のご用です？」

この質問に、甘糟ではなく、アキラがこたえた。

「オヤっさん。ゲンのやつが……」

「ゲンがどうかしたのか？」

「殺されました」

殺されたと聞いても、多嘉原はそれほど表情を変えなかった。

「いったいどういうことだ？」

「それがわからないので、今、甘糟さんに話を聞いていたところです」

多嘉原が甘糟を見た。甘糟は、ひどく落ち着かない気分になった。やはり、アキラなどとは貫目《かんめ》が違う。

「甘糟さん、どういうことなんです？」

「いや、俺は何にも知らないんですよ」

アキラが言った。

「何も知らないはずはないんです。甘糟さんは、事件の後、俺に会いに来たんです」

「会いにいらした？　事務所にか？」

「いえ……」

アキラは、口ごもった。「自分は、別の場所にいたんですが、そこに訪ねてきて……」

「どこにいたんだ？」

「ちょっと飲んでました」

「どこで飲んでいたんだ？」

「ええと、その……。『ジュリア』です」

多嘉原が溜め息をついた。

「おまえ、知り合いをあそこで働かせているらしいな」

「ええ、後輩なんですが……」

「店は、柄の悪いやつを雇うのを嫌がるはずだ。無理やり雇わせたんじゃないだろうな？」

「そんなことはないです。よく働くやつなんで、店でも喜んでくれてます」

「おまえがそんな格好で飲みに行ったら、素人の客が嫌がる。何度言ったらわかるんだ」

「すいません……」

甘糟は、ただ突っ立って、このやり取りを聞いているしかなかった。

まあ、素人に迷惑をかけない、というのは、ヤクザのお題目のようなものだ。本気でそう考えているヤクザがどれくらいいるか疑問だと、甘糟は考えていた。

だいたい、彼らの存在自体が素人の迷惑なのだから……。

「まあいい」

多嘉原が言った。「ゲンのことだ」

彼が甘糟のほうを見た。それだけで、甘糟は、びくりとした。

「甘糟さん。アキラに会いにいらしたというのは、本当のことですか？」

「ええ、まあ……」

「それはなぜです？」

「先輩に、張り付くように言われたので……」

「先輩というのは？」

「郡原です。彼は、こちらに向かったはずなのですが、来てないようですね」

多嘉原は、その問いにはこたえなかった。

「郡原さんが、アキラに張り付けとおっしゃったのは、なぜでしょうね？」

「アキラさんが被害者を、生前かわいがっていたからでしょうね。どういう動きをするか気になるし、情報が彼のところに集まってくるかもしれないと……」

「なるほど……。それで、アキラにくっついていて何かわかりましたか？」

「いいえ。何も……」

アキラが多嘉原に言った。

「こいつは、現場を見てるんですぜ。何も知らないなんて、嘘《うそ》に決まってます」

多嘉原がアキラを睨んだ。

「こいつ、なんていう失礼な言い方はよせ。それに、お客にはちゃんと敬語を使うものだ。おまえの言葉遣いはなってない」

「すみません」

多嘉原が甘糟に言った。

「アキラが言っていることのほうが、筋が通っているように、私にも思えるのですがね……」

「あのですね、アキラさんにも何度も説明したんですけどね。俺は殺人の担当じゃないんです。だから、殺人のことはわからないんです。それにね、無線が流れて俺が現場に駆けつけたのが十時四十五分か五十分頃のことです。今、十二時四十分ですよね。つまりまだ二時間しか経っていないわけで、情報だってまだ集まってませんよ」

「テレビのドラマだと、二時間あれば事件は解決しますがね……」

「テレビドラマといっしょにしないでください」

「いや、冗談です。まあ、甘糟さんのおっしゃることも、ごもっともですな」

「あの……。そういうわけで、もう帰ってもいいですか?」

多嘉原が、甘糟をじっと見つめた。

アキラのように凄んでいるわけではない。ただ静かに見ているだけだ。なのに、気圧《けお》されてしまった。

「ゲンは、まだまだ半端なやつでした」

「はあ……」

「とはいえ、大切な身内です。私らの稼業はね、身内を殺《と》られて黙っていたら、示しがつかないんですよ」

「そ……、それはどういうことですか？」

「言ったとおりの意味です」

殺したやつに仕返しをするということだ。そんなことを、許すわけにはいかない。

だが、多嘉原の眼を見ていると、何も言えなくなってしまった。

甘糟が黙っていると、多嘉原がさらに言った。

「さあ、お客さんのお帰りだ」

アキラが何か言おうとしたが、すぐに諦めたように眼を伏せた。

やれやれ、これで帰れる。

甘糟は、事務所の玄関に向かった。

若者たちが、見送りに玄関までやってきたが、アキラは来なかった。玄関を出るときに、一度振り返ると、もう多嘉原組長の姿はなかった。

4

多嘉原連合の事務所を出ると、ぐったりと疲れているのを感じた。甘糟は、郡原に電話してみた。

呼び出し音五回で出た。

「郡原だ」

「甘糟です。今、どちらですか?」

「自宅にいるが、どうした?」

甘糟は驚いて言った。

「え、多嘉原連合の事務所に向かうって……」

「ああ、前まで行ったが、いつもと変わらない様子だったし、時間も遅いので今日は帰ることにした」

「そんな……。一言、言ってくれれば……」

「おまえはどこにいるんだ?」

「今、多嘉原連合の事務所から出て来たところです」

「アキラに張り付いているんじゃなかったのか?」

「駅の近くの『ジュリア』というキャバクラでアキラを見つけまして……。そこに、ゲンが殺されたという知らせが入ったんです」

「それで……?」

「何か知っているだろうと言われて、事務所に連れて行かれたんです。組長まで出て来て、びびりましたよ」

「マル暴刑事が、何言ってるんだ。マルBにびびってて、仕事になるかよ」

「郡原さんがいるかもしれないと思っていたら、いないし……」

「おまえが顔出したんだからいいじゃないか。それで、どんな様子だった?」

「殺気立ってましたよ」

「まあ、そうだろうな」

「アキラも組長も、しきりと俺から何か聞き出そうとしてました。向こうは、まだ何も知らない様子です」

「強行犯係の連中は、もう行ってたのか?」

「わかりません。でも、警察が訪ねて行ったような感じじゃなかったですね」

「ガサかけるなら、日の出と同時に、だろうが、まだそんな話もないな……」

「ガサって……。ゲンは被害者ですよ」

「だから、強行犯係も慎重なんだろうよ。それで、おまえ、余計なことをしゃべらなかっただろうな」

「余計なことって……。自分は何も知りませんからね」

「ふん、まあいい。詳しい話は署で聞く」

郡原はあくびをした。「じゃあな……」

電話が切れた。

こっちは、事務所で肝を冷やしていたというのに、郡原は自宅に戻っていたというのだ。

腹が立った。だが、どうしようもない。郡原に逆らうわけにはいかない。ヤクザも恐ろしいが、郡原はある意味もっと恐ろしい。

これから、どうしよう……。

甘糟は、時計を見た。

午前一時を過ぎている。アキラたちは、寝ないで情報収集を続けるかもしれない。運転手を待機させていたから、もしかしたら、これからどこかに出かけていくかもしれない。

だが、それに付き合うことはないと、甘糟は思った。

一人で、アキラに二十四時間張り付いているわけにはいかない。それに、殺人事件は、あくまで強行犯係の仕事だ。

ここまでやれば、充分じゃないの……。

甘糟は自問してみた。こたえは明らかだった。

帰宅して眠ることにした。


翌朝、署に郡原がやってきて甘糟に尋ねた。

「あれから、どうなった?」

甘糟は、ちょっと慌てて言った。

「いや、どうなったも何も……。自分もあれから帰宅しましたから……」

「何だと?　アキラに張り付いていろと言っただろう」

郡原に睨みつけられて、甘糟はうろたえた。

「アキラは事務所に移動したし、そこでだいたい様子もわかったし、もういいかな、と思って……」

怒鳴られるかと思って、首をすくめていた。

「ふん、まあいい」

郡原がそう言ったので、甘糟はほっとした。「それで、アキラはおまえに何を言っていた?」

「何か知っているはずだから、教えてくれって……」

「組長は？」

「同じようなことを言っていました」

「それで、おまえは何とこたえた？」

「殺人は、強行犯係の仕事だから、自分は何も知らない、と……」

「向こうは納得しないだろうな」

「たしかに、納得はしていない様子でしたね。でも、事実ですから……」

「ゲンは、元暴走族だ。やり口も、いかにも暴走族っぽい」

「だから、自分は、ゲンが元の仲間と何かトラブルを抱えていたんじゃないかと考えたんです」

「誰でもそう考えるだろう。実際、強行犯係は、すでにそっちのほうも調べているはずだ」

「やっぱり、その線ですかね……」

郡原は、またじろりと甘糟を睨んだ。だが、これは郡原が何かを考えているときの癖だ。

「いかにもって手口が怪しいと言えば、怪しいな……」

「暴走族や半グレに見せかけた犯行ということですか？」

「その可能性は否定できないだろう」

「何のためにそんなことをするんですか？」

「知らねえよ。ただ、そういうこともあるかな、って話をしているだけだ。いちいちマジで突っかかるなよ」

「いや、突っかかっているわけじゃなくて、質問しただけですよ」

「今、多嘉原のところと対立しているとしたら、どこの組だ？」

甘糟は、即座にこたえた。

「足立社中《あだちしゃちゅう》ですね」

「ああ、あの妙な名前の組か……。社中だなんて、最初聞いたときは、日本舞踊《ぶよう》の団体かと思った……」

「もともとは、何とか一家とか名乗ってたらしいですが、暴対法以来、そういう団体名をつけにくいらしくて……」

「どんな名前をつけようが、実態は変わらない。暴対法を逃れられるわけじゃねえのにな……。たしか、足立社中は、西の大組織の三次団体だったたな？」

「そうです。このあたりは、だいたいが坂東連合の縄張りで、多嘉原連合もそっちの系列ですが、足立社中は、いざとなると西の組の橋頭堡《きょうとうほ》になりかねない存在です」

郡原は言った。

「よく頭に入っているじゃないか」

俺にも取り得はあるんだと、甘糟は思った。

記憶力には自信がある。また、資料を読んだりするのも、わりと得意なほうだ。資料の読み落としも少ない。郡原は、書類を読んでいるとすぐに眠くなると言うが、甘糟は、そういうことはなかった。

まあ、さすがに徹夜明けなどで書類を読んでいると、字がぼんやりとしてくることもあるが、たいていは読めばすぐに頭に入る。

特に訓練したわけではなく、昔からそうだった。だから、試験勉強は得意だった。特に、歴史や地理などといった、暗記するしかない科目は点数がよかった。

その代わり、数学のように、訓練を必要とするような科目は苦手だった。

おかげで、三流の私立大学にしか入学できなかった。

郡原が言った。

「おまえ、明日から、ちょっと足立社中の動向を探ってみろ」

「明日からですか？　今日は何をすれば……」

「おまえ、今日は明け番だろう」

あっと思った。

すっかり忘れていた。何の疑いもなく朝出勤してきたのだ。

「ああ、そうでした……」

「昨夜は当番なんだから、朝までアキラに張り付いてくれるものと思っていたんだけどな……」

「あ、すいません。多嘉原連合の事務所に連れて行かれた時点で、そういうの頭からすっ飛んじゃって……」

「とにかく、今日はもう帰っていいぞ」

「本当ですか？」

「ああ、非番なんだからな」

「ゲンの件は……？」

「おまえも言ってただろう。強行犯係の仕事だって。まあ、被害者がマルBということで、無視はできないが……。今日のところは、俺が多嘉原連合をマークしておく」

「すいません」

郡原は、見た目は鬼のようだが、実はそうでもないのだと、甘糟は思った。

「その代わり、明日は、足立社中の誰かに話を聞くんだ」

「わかりました」

午前中に帰宅できるなんて、何という幸せ。

甘糟は、浮き浮きとした気分で署を出た。今日は、うまいものを食って、昼からビールを飲んで、ゆっくり昼寝をして……。

そんなことを思いながら、独身寮に向かった。

公務員の恩恵の一つに、寮や官舎が挙げられる。特に東京は、地価が高く、そのせいで家賃も高い。

独身寮は、先輩がいたり、自治会の役員が回ってきたりと、わずらわしいこともあるが、それでも利点のほうがずっと多い。

寮に戻る前に、コンビニに寄って、食料や缶ビールを仕入れることにした。

買い物を終えて、寮に戻ったところで、携帯電話が振動した。

非通知の表示だ。誰だろうと思い、電話に出た。

「はい……」

「甘糟さんだね？」

「そうだけど……。誰？」

「唐津だ。昨日はどうも……」

アキラだ。

「何の用？　それより、俺、電話番号教えたことあったっけ？」

「電話番号調べるくらい、わけねえんだよ」

たしかに、ヤクザにとっては、それくらいのことは朝飯前かもしれない。油断ならない連中だ。

「何か用があるから電話してきたんだろう?」

甘糟は、部屋に入り、ドアを閉めた。

「捜査のほうは、どうなっているかと思ってな……」

「だからさ、そんなこと、話せるわけないだろう」

「どうしても教えてもらわなきゃ困るんだよ。こっちも、オヤジにきつく言われているんだ」

「捜査情報は洩《も》らせないよ。俺をクビにしたいわけ?」

「知ったこっちゃない、と言いたいが、あんたが、警察にいてくれると、何かと便利なことも事実だ」

「それ、どういう意味だよ。俺を利用してるってこと?」

「あんたなら、頼み事を聞いてくれそうな気がするんだ」

「冗談じゃないよ。それって、スパイってことじゃないか。俺、絶対にそんなこと、やらないからね」

「まあ、そうムキになるなって……。こう考えたらどうだ? 情報交換だよ。そっちが何か教えてくれたら、こちらも知っていることを教える」

「あのね、それでも地方公務員法の違反になるんだよ。俺、本当に逮捕されちゃうよ」

「俺たちの稼業ではさ、親に言われたことで、ヘタを打つと、小指が飛んだりするんだよね。お互いに、辛いところだよな」

「あんたの指のことなんて知らないよ。俺は、定年まで何事もなく勤め上げて、貯蓄と年金で余生を暮らすんだ。それが人生設計なんだ」

「それこそ、俺の知ったこっちゃない。なあ、今から出てこられないか？」

「今日は非番なんだよ。これから、ビールでも飲んで、のんびりしたいんだ」

「ビールならおごってやるよ」

「だから、それがまずいって言ってるのに……」

「駅の裏手に焼き鳥屋がある」

アキラは、店の名前を言った。

「その店なら、知ってるけど……」

「そこに来てくれ」

「あそこ、昼間はやってないだろう」

「開けさせておく」

電話が切れた。

甘糟は、溜め息をついた。

会いに行くしかないだろう。これも仕事だ。郡原に報告をしておくべきだと思った。そして、どうしたらいいか指示を仰ぐのだ。

郡原の指示に従っていれば、何が起きても責任は郡原にあることになる。我ながらせこい考えだが、自分を守るためだ。

電話をかけたら、やはり呼び出し音五回で出た。

「どうした？」

「今しがた、アキラから電話がありまして。会って話がしたいと……」

「それで……？」

「駅の裏の焼き鳥屋で会うことになりました。これから行ってきます」

「なんだ、おまえ、非番なのに仕事熱心だな」

「行きたくて行くんじゃありませんよ。こういうの、断ると、後々かえって面倒でしょう？」

「俺なら行かねえがなあ……」

「え、そうなんですか？」

「面倒臭えことは、全部後回しだ」

「はあ……」

「まあ、話がしたいというのなら、してくればいい」

「それでですね、自分はどんな話をすればいいのか、と……」

「向こうは、情報をほしがっているんだろう？」

「そうですね」

「何か餌《えさ》を投げてやれよ。食いついてくるかもしれない」

「どんな餌ですか？」

「今しがたな、情報が入った。強行犯係は、逃走した車両の車種を確定した」

「犯人たちが逃走に使った車両ですか？」

「たぶんそうだろうということだ」

「たぶんですか……」

甘糟はちょっとばかり気落ちした。確実な話が聞きたかった。

「そう言うなよ。防犯カメラに、あの駐車場脇に停まっていたのが映っていたんだ。犯行の瞬間が映っていたわけじゃない」

「犯人たちの姿は……？」

「それもない。車だけだ。それでもナンバーが映っていたから、Nシステムが使えると、強行犯係が言っていた」

「どんな車ですか？」

「黒いミニバンだということだ」

「ある種の族が使う車ですね」

「そう。後部ハッチを開けて、そこから音響装置で大音量でやかましい音楽を鳴らしたりする」

「やはり、暴走族が絡んでいるということでしょうか?」

「わからねえよ。だけど、そういう車が現場のそばにいたらしい、くらいの話は、してやってもいいんじゃないか? そうすれば、向こうも何かをしゃべるかもしれない」

「ちょっと待ってください。それって、最新の捜査情報なんじゃないですか? 洩らしてだいじょうぶですか?」

「なに、明日の朝刊には載る話だよ」

「わかりました」

「足立社中の話も忘れるな」

甘糟は疑問に思って尋ねた。

「あの……。質問していいですか?」

「何だ?」

「暴走族絡みの犯行なのに、足立社中を洗う必要があるんですか?」

「ばかだな、おまえ」

「は……?」

「誰も、暴走族やそのOBが犯人だなんて言ってねえだろう。その可能性はあるが、まだ決まったわけじゃない。だから、足立社中の動向を調べる必要があるんだ」

「わかりました」

ばかと言われたが、別に腹は立たなかった。いつものことだ。

せっかく帰ってきたのにまた出かけなくてはならない。疲れがどっと出た。

まあいい。話をして、帰って来たら昼寝だ。とにかく、約束の店に行ってみることにした。

暖簾《のれん》は出ていないが、出入り口の引き戸が開いていた。店に入ると、カウンター席にアキラが座り、一人で瓶ビールを飲んでいた。

「よお、あんたも飲むだろう?」

店の従業員はいない。アキラが勝手に冷蔵庫から瓶ビールを出してきた。栓を抜き、コップとともに甘糟の前に置いた。

「ちゃんと自分の分は払うからね」

甘糟は、そう言うとビールをコップに注《つ》いで、一息で飲み干した。

それを見て、アキラが言った。

「いい飲みっぷりだな」

甘糟は、さらにビールをコップに注ぎ、言った。

「喉が渇いていたんでね……。それで、話って何だ？」

「どんなことでもいいから、あんたから聞き出してこいって、オヤジがな……」

「容疑者を聞き出して、ゲンの仇討《あだう》ちをしようってことか？」

アキラは、肩をすくめた。

「俺は、オヤジに言われたことをやるだけだ」

「あのね、警察官の俺が、あんたたちの仇討ちの手伝いをするわけにはいかないんだよ」

「あんたがどう言おうと、俺はオヤジに言われたことをやらなければならない」

なんでこいつは、俺より若いくせにこんなに迫力があるんだろう。

そんなことを思いながら、甘糟は言った。

「どんな手を使っても、俺から何か聞き出すってことかい？」

「まあ、そういうことだな」

「刑事を脅迫するなんて、いい度胸じゃないか」

「脅迫なんてしてない。事実を言っているだけだ」

「わかったよ。そんなに凄むなよ。署に行って知った最新情報を教えるよ」

「どんな情報だ？」

「犯行当時、現場のすぐそばに停まっていた車が、防犯カメラで確認された。黒のミニバンだ」

「ナンバーは？」

「そこまでは知らないよ」

「黒のミニバンか……」

「今度は、そっちの番だよ」

「何のことだ？」

「情報交換だと言ったのは、そっちじゃないか。何か知っていることを教えてよ」

　アキラは、ビールを注いで一口飲んだ。

「実は、三日前からゲンのことを探していたんだ」

「どういうこと？　ゲンが行方不明だったということ？」

　アキラは、すぐにはこたえず、じっと目の前のコップを見つめていた。

5

　やがて、アキラが言った。

「三日前から、連絡が取れなかった」

　甘糟は尋ねた。

「毎日、連絡を取り合っていたのかい？」

「決まっているだろう。あいつはゲソづけしたばかりだ。毎日事務所にいる。他の団体と同じだ」

「他の団体って、指定団体ってことかい？」

「指定団体って、むかつくな……。あんたらが、勝手に指定しているだけじゃねえか」

　まあ、それはそうだが、こちらも法律に従っているだけだ。

「今さら、任俠団体だなんて、照れくさくて言えないじゃないか」

「何が照れくさいんだ？　俺たちはれっきとした任俠団体だぞ」

「まあいい。つまり、ゲンは行方不明だったってこと？」

「まあいいだって？　よかねえぞ。俺たちは、オヤジに厳しく言われているんだ。

素人には手を出すなって。俺たちは体を張って、シマ内の素人衆を守っているんだぜ」

しまった、相手はヤクザだった。

こちらの言葉尻を捉えて、ねちねちと攻めてくる。

そして、こちらが音を上げるまでそれを続けるのだ。

まったく、ヤクザの言いがかりほど面倒なものはない。

「わかったよ。あんたらは、任侠団体だ。それでいい。質問にこたえてくれ、ゲンは行方不明だったたってことか?」

「わかったよ? 何がどうわかったのか、説明してもらおうじゃないか」

これもヤクザのテクニックの一つだ。とうていこたえられそうにないことを、ちゃんと説明しろと言ってくる。

まあ、警察も似たようなことをやる。

被質問者の曖昧《あいまい》な部分を衝くのが仕事だからだ。相手が触れて欲しくないところが、こちらのツッコミどころなのだ。

まったく、警察もヤクザも似たり寄ったりだよなあ……。

「あんたの言いたいことがわかったということだ。つまり、自分たちは社会に迷惑をかけていないのに、取締の対象になっていることが不合理だと感じているわけだよな」

「警察のあんたが、どこまでわかっているって言うんだ」

「一般人よりわかっているつもりだよ。それだけあんたらと関わりが多いからな。なあ、そんなことより、ゲンは行方不明だったのか？」

「おい、一般人よりわかっているって、どうしてそういう比較ができるんだ？　一般人ってのは、何のことだ？　一般人をちゃんと定義できるのか？」

さすがの甘糟も腹が立ってきた。

非番に呼び出されて、こうしていちゃもんをつけられている。これで腹が立たないほうがどうかしている。

「俺は帰る」

甘糟は立ち上がった。

アキラは甘糟を睨んだ。

「帰れると思っているのか？」

怒りが募った。

「ゲンの件で話があるというから、わざわざ非番なのに、こうやって足を運んで来たんだ。それなのに、あんたは、ヤクザのやり方で俺に絡んでいる。そんなの、我慢できないだろう」

アキラは、苦い表情になった。

「悪かったよ。つい、習慣でな……」

「習慣でいちゃもんつけられたらたまんないよ」

「まあ、座ってくれ。ちゃんと話をするから……」

「まったく、警察官に絡むなんて、冗談じゃないよ……」

甘糟はもとの椅子に腰を下ろした。

「いやあ、つい、あんたが警察《ヒネ》だってことを忘れちまうんだ」

「なめないでよね」

「三日前から姿を消しちまった」

「電話は何度くらいしたの？」

「おい、俺は善意で協力しているんだぞ。そういうこと、いちいち質問するのか？」

善意が聞いて呆《あき》れる。こちらから何か聞き出そうと、俺を呼び出したんじゃないか。

甘糟はそう思ったが、口には出さないでおくことにした。

こういう相手に口答えすると、倍にも三倍にもなって返ってくる。

「ずっと連絡が取れなかったってこと？」

「ああ。俺からの電話に出ないなんてふざけてると思ったよ。だから、一昨日、若いやつらを動かして探させた。けど、居場所がわからなかったんだ」

若いやつらと、アキラは言うが、世間から見れば彼も充分に若い。

彼らの世界は、一般社会とはちょっと基準が違う。実動部隊は二十代だから、三十代になるともうれっきとした兄貴分で、幹部も珍しくはない。

そういう意味では、警察と似ていなくもない。

地域課や交通課、機動隊といった最前線で働く実動部隊は二十代なのだ。三十歳を過ぎると多くの者たちは巡査部長となり、主任クラスの仕事に就く。

「そういうことは滅多になかったんだね？」

「あるわけねえだろう。俺からの電話だぞ。たまたま何かの用事で出られなかったとしても、折り返し連絡があるはずだった……」

「ゲンは、組員になったばかりだろう？」

「そろそろゲソづけしてもいいと、オヤジがおっしゃったんだ」

ゲソづけというのは、盃《さかずき》をもらって正式に組員になることだ。その前段階にいる準構成員は半ゲソと呼ばれる。

彼らは、疑似家族的なコミュニティーを大切にしている。だから、トップはオヤジなのであり、先輩はアニキなのだ。そして、オヤジの兄弟分は、みなオジキだ。

彼らの多くが、家庭に恵まれなかったことに理由があるのかもしれないと、甘糟は考えたことがある。

もちろん、そればかりではないだろう。

だが、海外のマフィアやギャングに比べて、家族的な結束が固いのも事実だ。マフィアは金で結ばれているが、ヤクザは盃で結ばれていると言った者もいる。

甘糟は質問を続けた。

「それから、まったく連絡がなかったんだね？」

「なかった」

アキラは、悔しそうに言った。「おそらく、三日前から連絡が取れないような状態になっていたんだろうな……」

「連絡が取れないような状態って、どういうこと？」

「それを調べるのが警察じゃねえか」

「手がかりがなければ調べられないよ。何か心当たりがあるんなら、教えてもらわないと……」

「心当たりがあるわけじゃねえよ。三日も連絡を寄こさないなんて異常なことだからな。だからそう思っただけだ」

「誰かに軟禁されていたとか……？」

アキラは宙を見つめたまま言った。

「あり得ねえことじゃねえな」

「誰が軟禁したんだ？」

「だから、心当たりなんてねえって言ってるだろう。軟禁されたら、当然連絡が取れなくなるだろう。そう考えただけのことだ」

「なるほど……」

「なあ、ゲンは発見された後、病院に運ばれて、そこで死んだんだよな？」

「そうだよ」

「フクロにされて殺されたんだよな」

「まあ、そうだね……」

「集団でぼこぼこにされた現場は、その駐車場なのか？」

「え……」

甘糟は虚を衝かれた。「どういうこと？」

「どこか別なところで、痛めつけられたことも考えられる。その場合、連絡が途絶えた三日前からやられていた可能性がある」

「いや、現場を見た感じじゃ、その場で襲撃された感じだったけど……」

甘糟は、そのことに何の疑問も抱いてはいなかった。

たしかに、ゲンが発見された現場には血痕《けっこん》もあったし、鈍器による複数の殴打の跡があった。

だから、その場で襲撃されたと考えるのが自然だが、その前から痛めつけられていたのではないかと言われると、それを否定することはできなかった。

「連絡が途絶えたのが三日前だ。その間、ゲンがどんな状態にあったか、俺は知りてえんだがな……。傷を見れば、いつやられたのかわかるはずだ。現場でやられた傷の他に、それ以前につけられた傷はなかったのか？」

「知らないよ。言ってるだろう。俺は殺人の担当じゃないんだよ」

「じゃあ、ゲンが死んだ件で、俺に会いに来たのはどういうわけだ？」

「だからね、俺は郡原さんに命じられて『ジュリア』に行っただけなんだって……」

「警察なんだから、遺体を詳しく調べているんだろう？」

「今日の夕刊か、明日の朝刊に、詳しいことが載るんじゃないの？　検視が済んだら、当然記者発表するはずだから」

「俺はな、今知りてえんだよ」

「そんなこと、言われてもな……」

「俺たちは、何か知りてえと誰かに言われたら、すぐに電話をかけに行く」

たしかにそうだ。ヤクザは、言われたことをすぐにやる。決して問題を後回しにしない。

その行動力は、ビジネスマンも真似《まね》すべきだと、甘糟はいつも思う。

「あんたのために、電話をする義理はないよ」

「俺は、善意で協力しているんだって、何回言えばわかるんだ？」

「協力には感謝するよ。けどね、警察から情報を引き出そうとするのは、協力とは言わないんだよ」

「あんたは、興味ねえのか？」

「どういうこと？」

「担当じゃねえと言いながら、この件に関わっているじゃねえか」

「仕事だからね」

「だったら、ちゃんと仕事をしようぜ」

「あんたに、そんなこと言われたくないよ」

「なあ、誰かにちょっと電話してくれればいいんだよ」

「俺は、そんな必要を感じないね」

「新しい手がかりにつながるかもしれねえぞ」

そう言われて、少しだけ心が動いた。

担当ではないが、担当者たちに情報を提供することができる。それで捜査が進展したら、彼らはマル暴の甘糟たちに恩義を感じるかもしれない。

俺は、ヤクザにうまいこと丸め込まれているんじゃないだろうか。

そんなことを思いながら、甘糟は席を立って店の外に出た。携帯電話で郡原と連絡を取った。

「何だ？」

挨拶もなしに、郡原に突然そう言われると、つい緊張してしまう。

「あの……。ちょっと訊きたいことがありまして……」

「訊きたいこと？」

「ええ、ゲンの傷のことなんですが……。致命傷になったのは、現場で受けた傷ですよね」

「そうだろう」

「その前に、暴行を受けていた痕跡はありませんでしたか？」

「知らねえよ。俺は強行犯係じゃねえんだ」

「そうですよね。誰に訊けばわかりますかね？」

「おまえ、芦谷といっしょに現着したんだろう？　あいつに訊いてみたらどうだ？」

「電話番号、わかりますか？」

「自分で調べろよ」

「そうですよね……」

「まだ、アキラといっしょなのか？」

「ええ……」

「傷のことはアキラに訊かれたのか？」

「あ、いや、話をしているうちに、自分もふと疑問に思いまして……」

「どんな話だ？」

「アキラは、ゲンが三日前から音信不通だったと言っています」

「なるほど、ゲンが殺された連中に三日前から拉致《らち》監禁されていた可能性があるということか？」

「はい、それで、現場で受けた傷以外に、暴行された跡なんかがなかったかと思いまして……」

「ふうん……」

「あ、それじゃ、芦谷さんに訊いてみますから……」

「待てよ」

「は……？」

「俺が訊いておいてやるよ」

「はあ……」

「明け番なんだ。早く帰って寝ろ」

電話が切れた。

店のカウンターに戻ると、甘糟は言った。

「郡原さんが調べてくれるって」

アキラは驚いた顔になって言った。

「警察じゃ先輩に用事を言いつけるのか?」

「いや、そんなことしないよ。郡原さんが自分で調べるって言ったんだ」

「そうだろうな……。それで、郡原さんからはいつ知らせが入るんだ?」

「さあ、わからないよ。俺からせっつくわけにもいかないだろう」

アキラはしばらく考えてから言った。

「まあいい。結果がわかったら、すぐ知らせてくれ」

今度は甘糟が驚いた。

「どうして、あんたに知らせなきゃならないんだよ」

「どうしてって、俺が知りてえと言ったから、あんたは郡原さんに電話したんだろう? だったら、教えてくれてもいいじゃねえか」

どういう理屈だ。

まったく、ヤクザと話をしていると、訳がわからなくなってくる。

「あのね、俺が郡原さんに電話したのは、俺自身が疑問に思ったからだ」

「なら、こっちから連絡するから結果を教えてくれ」

甘糟は、うんざりしてきた。

「どうせ断っても、あの手この手で話を聞こうとするんだろうな」

「ああ、それが俺たちのやり方だからな」

「わかったよ」

「わかったってのは、どういうことだ？　何をどういうふうにわかったんだ？」

「だから、そういう言い方、やめてくれって……。そっちから連絡がきたら、結果を知らせてやるよ。でもね、新聞のほうが早いかもしれないよ」

「新聞には発表しないことだってあるだろう」

「発表しないことってのは、外部に洩らせないってことだよ。あんたにそんなこと教えられるわけないじゃないか」

「黒いミニバンだったよな……」

アキラは突然、話題を変えた。

薬のせいで、話がころころと変わるやつもいる。

だが、アキラはそうじゃない。常に相手の意表を衝くことで、集中的な思考を邪魔するのだ。そうすると、相手は思わぬヘマをする。

そこをうまく利用するのだ。

相手を意のままに操るヤクザのテクニックの一つだ。

ヤクザは脅すだけではないのだ。

「そう。現場近くに駐車していたのが、防犯カメラに映っていた」

「警察は、ナンバーを知っているんじゃないのか？」

「俺は知らない」

「言っておくがな……」

アキラがまた凄んだ。「あんたらにとっては、ただの被害者かもしれねえが、俺たちにとっちゃ、ゲンは身内なんだ」

「わかってるよ。だから何なのさ？」

「わかってるだと？　身内を殺された気持ちが、あんた、本当にわかるって言うのか？」

「いや、そりゃわからないかもしれないけど……」

「俺たちの気持ちを酌《く》んで、少しは親身になってくれたらどうなんだ？」

「親身になるって、どういうことさ？」

「だからよ、俺が知りたがっていることを、ちゃんと教えてくれればいいんだ」

「あのね、捜査情報をあんたに教えたら、俺は警察クビになっちゃうんだよ。あんたは、俺がクビになろうがなるまいが、知ったこっちゃないだろうけどね、こっちには大問題なんだよ」

再び腹が立ってきた。

酔って気が大きくなってきたせいかもしれない。昼間のビールはよく回る。

当番の夜に人が死に、真夜中過ぎまで働いた。明け番で休めると思ったら、アキラから呼び出されたのだ。

甘糟はさらに言った。

「そりゃあ、身内を殺されたら、悔しいだろうし、悲しいだろうし、腹も立つだろうよ。でも、警察官である俺にそれを押しつけても仕方がないじゃないか。言っておくけどね、刑事ってのは、あんたらより、ずっと人の死に関わっているんだ。死体を見るのは日常なんだよ」

ここでアキラが何か言い返してきたら、売り言葉に買い言葉という状態になってしまうかもしれない。

そうなったら、面倒なことになるなあ……。

甘糟は、酔った頭の隅で、そんなことを考えていた。

「もう一度言うが……」

アキラが意外なほど静かな声で言った。「あんたが刑事だってこと、つい、忘れちまうんだよな……」

6

その後すぐに甘糟は解放された。

アキラは、甘糟が切れかかると、とたんにおとなしくなってしまった。それが逆に不気味だった。

結局、彼はこれ以上話をしていても、甘糟から何も聞き出せないと判断したのだろう。

甘糟は、寮に戻った。すでに、午後一時近くになっていた。空《す》きっ腹にビールを飲んだせいで、妙な酔い方をしていた。

食堂に行き、昼飯を食べ、部屋に戻った。やれやれ、ようやく眠れる。

甘糟はジャージに着替えてベッドに倒れ込んだ。とたんに、携帯電話が振動した。

無視しようかと思ったが、警察官の性《さが》で、つい携帯を手に取っていた。

郡原からだった。

「はい、甘糟です」

「ゲンの傷について、強行犯係で話を聞いてきた。現場で負ったと思われる傷のほかに、過去二十四時間以上前と思われる打撲傷や裂傷があったということだ。それから、手首に縛られたと思われる痕跡があったということだ」

「じゃあ、アキラが言っていたとおり、三日前から拉致監禁されていた可能性は強いですね」

「どうかな……。ゲンなんてチンピラをとっ捕まえて痛めつける意味がわからねえ」

「誰かを怒らせるようなことをしたんでしょうか？」

「じゃあ、どうしてゲンは、あの駐車場でボコられたんだ？」

「え、どういうことです？」

「寝てんのか、てめえ。監禁して痛めつけてるのなら、そこで殺しゃあいいじゃねえか。そのほうが死体も始末しやすいし、発見もされにくい」

「ああ、そうですね」

「ゲンを始末したのは、アキラたち多嘉原連合なんじゃねえのか？」

甘糟は驚いた。

「え、それはどういうことです？」

「ゲンが不始末をして、消さなけりゃならなくなった。疑いがかからないように、アキラはおまえに張り付いて、ああだこうだ言ってるのかもしれねえ」

「アキラがカムフラージュしているというんですか？」

「あり得ねえこっちゃねえだろ?」

甘糟はしばらく考えてから言った。

「いえ、アキラは『ジュリア』でゲンが殺されたことを知ったとき、本当に衝撃を受けている様子でした。そして、アキラは、本気でゲンが殺された原因や、殺した相手を探ろうとしています。それは、会ってみてわかりました」

「ふうん……」

郡原はうなった。「それなら、どうしてゲンは、駐車場で殺されることになったんだ?」

「あの……、死んだのは病院ですよね。ですから、正確には駐車場で殺されたことにはならないんじゃないですか?」

「うるせえよ。傷害致死にしろ、殺人にしろ、事件が起きたのは、あの駐車場だってことだ」

「すいません」

「わからねえことだらけだよなあ。ゲンは、もとの仲間のトラブルに巻き込まれたってことかな……」

「もとの仲間って、暴走族上がりの連中ですか?」

「ああ、半グレだ。防犯カメラに映っていた車は、いかにもギャングか半グレが乗ってそうなタイプだった」

「ナンバーはわかっているんですよね？」

「今強行犯係が所有者を洗っているようだ。Nシステムはまだヒットがないらしい」

「アキラの話では、ゲンはもとの仲間とは切れていたということです。プロとアマチュアの違いみたいなことを言ってました」

「昔の仲間にやられたとは限らねえよ。マル走やギャングには、必ず対立グループがいる。仲間と切れていたとしても、対立グループはそうは思わねえかもしれねえ」

「なるほど……。かつての対立グループとの間に遺恨があったという可能性はありますね」

「まあ、そいつは強行犯係の仕事だ」

「半グレなら、自分らの仕事じゃないですか？」

「アホか、おまえ。仕事増やしてどうするんだ」

「はあ……」

「いいから、今日はもう寝ろ」

「いや……、今、寝ようとしていたんですよ」

「そいつは悪かったな。明日は、足立社中の件を忘れるなよ」

電話が切れた。

甘糟は、再びベッドに大の字になった。

やれやれ、これでようやく眠れる。

あれこれ考えはじめると、眠れなくなりそうだ。だから、考えるのをやめた。

すると、酔いも手伝って、たちまち眠りに落ちた。


目が覚めると四時過ぎだった。

しまった。三十分ほど昼寝するつもりだったのに、二時間以上ぐっすりと眠り込んでしまった。

大切な非番の日だというのに、寝てばかりいてはもったいない。読みたい本もあるし、録画してあるテレビドラマもある。

DVDを借りてきてもいい。

とにかく、貴重な休日だ。有効に過ごしたい。

人が死んだというのに、のんびり休日の過ごし方を考えているのは、不謹慎だという人もいるだろう。

だが、アキラにも言ったように、事件が刑事の日常なのだ。刑事にとって、人が死ぬことは、大工がかんなをかけたり、のこを引いたりするのと同じことなのだ。

……ちょっと違うか……。

とにかく、就業中は真剣に事案のことを考える。だが、休日は自分のために使わせてもらう。

甘糟は、録画してあったテレビドラマを見はじめた。刑事ものだ。昔の刑事ドラマは、本業から見るとツッコミどころ満載で、けっこう笑えたものだ。

係長がボスと呼ばれていたり、刑事がヘリコプターから、明らかに銃刀法違反と思われる銃身をカットしたショットガンを撃ったり、飲み屋の女将《おかみ》に重要な捜査情報を洩らしたり……。

最近のドラマはなかなかあなどれない。設定もけっこう本物っぽいものがある。だからといって面白いとは限らない。昔のように破天荒な刑事ドラマのほうが味があったと思うこともある。

ドラマを見ているうちに、またうとうとした。気がつくと午後七時になろうとしていた。

くたびれているので、有意義な休日を過ごすことなどなかなかできない。まあ、体を休められただけいいと思うことにした。

夕食を食べるために食堂に行こうと、部屋を出ると、顔見知りの強行犯係の刑事に会った。彼も寮に住んでいる。名前は、立原《たちはら》で、階級は甘糟と同じ、年齢もほぼいっしょだ。

「おう、甘糟か」

「あれ、帰ってたのか。傷害致死だか何だかの件で忙しいんじゃないの？」

「着替えとかを取りに来たんだよ」

「え、つうことは、帳場《チョウバ》が立つの？」

帳場が立つというのは、捜査本部ができるということだ。

「なんかさ、捜査一課長が妙に張り切ってるらしいんだよね。もう、署に来てるんだよ。事案そのものよりも、課長への対応のほうがたいへんだよ」

たしかにそうかもしれない。

警視庁本部の課長がフロアに姿を見せると、全員起立で迎えなければならない。田端守雄《たばたもりお》捜査一課長は、叩《たた》き上げで刑事の気持ちがよくわかる気さくな人だと言われている。

だが、本人がどんな性格であろうが、本部の課長となると、所轄の下っ端から見れば雲の上の人だ。

「なるほどね」

「たかがチンピラ一人、ボコられて死んじまっただけなのに、いちいち帳場立ててたら、警察つぶれちまうぜ」

「気持ちはわかるけど、そういうこと、言わないほうがいいよ」

「おまえさえ誰かに洩らさなきゃいいんだ」

「いや、普段からそういうこと言ってると、つい、ぽろりと口から出ちまうことがあるんだよ」

「おまえ、相変わらず心配性だな」

「けど、まあ、言いたいことはわかる。所轄に任せておけばいい事案ではあるな……」

「たぶん、組対部に対抗意識燃やしてんじゃないかと思うよ。死んだのはもと半ゲソだろう？　つまり、正式な組員になったばかりということだ。組対部で扱うか、刑事部で扱うか微妙じゃないか」

「なるほどね……。組対部は最近、半グレやギャングに注目しているらしいからね」

我ながら他人事《ひとごと》のような言い方だと、甘糟は思った。

かつて、甘糟たちマル暴は、刑事部の傘下にあった。今は、組織変更され、組織犯罪対策部、略して組対部の下にある。

「端緒で嚙んで、丸ごと組対に持って行かれたんじゃ、刑事部長も面白くないだろうからな」

甘糟からすると、捜査一課長ですら雲の上の存在だ。部長はさらにその上だ。部長が何を考えているかなど、想像もできない。

「どこが捜査したっていいじゃないか。俺は、自分たちの仕事じゃなくてほっとしてるよ」

「え……？　聞いてないの？」

「何を？」

「捜査本部には、おまえらマル暴も呼ばれるらしいぞ」

「え、うちの係が……？」

「いや、係丸ごとじゃなくて、応援部隊として、端緒に触れたおまえと郡原さんが吸い上げられると聞いた」

「俺、何も聞いてないよ。さっき、郡原さんに電話したけど、何も言ってなかったし……」

「俺たちは、これから本部に詰めるけど、おまえたちは助っ人だからな。きっと、明日の朝に招集がかかるんだと思う」

甘糟は、暗澹《あんたん》とした気分になった。

強行犯係と違い、甘糟たち組対係は、徹夜の捜査などとはあまり縁がない。それがいいところだと思っていた。

捜査本部に参加するとなると、自分勝手な行動は許されなくなる。当然、帰宅することもままならなくなるだろう。

ああ、嫌だ。

疲労と寝不足でふらふらになりながら捜査を続けなければならない。

捜査本部への参加を拒否することなどできない。

もう、開き直るしかない。

どうせなら、ここで情報収集しておいたほうがいいかもしれない。

甘糟は、立原に尋ねた。

「強行犯係や捜査一課では、半グレの仕業と考えているのか?」

「ああ、それを前提として動いている」

「手口が半グレっぽいし、半グレやギャングが使う車が現場近くに停まっていたからか?」

「そう。それだけの事実があれば、半グレの仕業と考えていいだろう」

刑事たちは、単純な事実関係に、まず飛びつく。複雑な犯罪など世の中にはそれほど多くはない。

事実の裏を読むことも大切だが、実際にはそんなことをする必要もなく事件は解決するのだ。

犯罪者の多くが素人であり、なおかつどんな犯罪者も必ず証拠や目撃情報を残すからだ。甘糟の経験でいえば、計画的犯罪といえるものは数えるほどだったし、ましてや完全犯罪など実際にはあり得ない。

甘糟は、さらに尋ねた。

「黒いミニバンだけど、持ち主はまだわかっていないんだね?」

「ああ。なんでこんなに時間がかかるんだろうな。鑑識では、ナンバープレートに違法なカバーをかけていたと言っていた」

「ああ、そのカバーのことなら知ってる。マル走御用達《ごようたし》だよ」

「そのことも含めて、犯人はマル走かそのOBの半グレ、ギャングなんかじゃないかと考えたわけだ」

妥当な線だと思う。

「俺たちが捜査本部に呼ばれたのは、被害者が元半ゲソだったから?」

「そういうことだと思うよ。多嘉原連合に入ったばかりっていうじゃないか」

「ああ、そのとおりだよ」

「元暴走族で暴力団員だ。どんなトラブルに巻き込まれたって不思議じゃない。だからさ、一般人が殺害されたときみたいに、捜査本部なんて作ることないんだよ」

「それ言うの、二度目だよ」

「何度だって言うさ。俺に言わせりゃ、おまえたちマル暴に任せておけばいい事案なんだ」

「だって、傷害致死事件じゃないか。強行犯係の仕事だよ」

「俺たちはね、忙しいの。マル暴絡みの仕事は、組対のほうでやってほしいわけよ。俺たちは、コロシ、タタキ、ツッコミ、アカイヌと、なんでもやらなきゃならないんだからね」

コロシは、もちろん殺人。タタキは強盗、ツッコミは強姦《ごうかん》、アカイヌは放火のことだ。

たしかに、強行犯は、猛烈に忙しい。

だからといって、仕事を押しつけられるのは真《ま》っ平《ぴら》ごめんだ。

「まあ、捜査本部に呼ばれたら、協力するよ」

「ああ、じゃあな」

立原は出口に向かった。

捜査本部に呼ばれることを考えると、食欲がなくなったが、それでもしっかり夕食を食べた。

寮にいると、食事くらいしか楽しみがなくなってくる。何より量が多いことがありがたい。

警察官は、たいてい初任教養の六ヵ月ないし十ヵ月で、みんな早食い大食いになってしまう。

だが、問題はその食生活が年を取っても変わらないということだ。だから、年配になると太る人が多い。

気をつけねばと、甘糟は思う。最近、ちょっと太り気味なのだ。

夕食を終えると、何もすることがない。

まあ、あえて何かしようとする必要もない。ベッドに横になってテレビをぼんやりと見ていた。これはこれで幸福な時間だ。

そうして非番の日は過ぎた。

翌朝、席に行くと、すぐに郡原とともに係長に呼ばれた。

「二人とも、今朝できた捜査本部に行ってくれ。例の多嘉原連合の構成員が殺害された件だ」

郡原が質問した。

「俺たち二人だけですか？」

「今のところはな。おまえらが、端緒に関わっただろう」

「わかりました」

二人は、さっそく捜査本部が設置された講堂に向かった。講堂には、いくつもの衝立《ついたて》で区切られた机の島ができていた。

それらの島が、それぞれ一つの捜査本部だ。捜査本部と聞くと、講堂すべてを使った大人数のものを想像しがちだが、実際にはそうではない。

一期二週間を過ぎたら、応援の捜査員たちがいなくなり、捜査本部は一気に縮小する。さらに、時間が経てば、専任捜査員が若干名の捜査本部となることが多い。

そうした小さな捜査本部が、このパーティションで区切られた机の島なのだ。

『構成員殺人事件捜査本部』という戒名がすでに貼り出されていた。

立原は、「捜一課長が妙に張り切っているらしい」と言っていたが、その割には、警視庁本部から一班、それに合わせて、北綾瀬署から人をかき集めただけなので、総勢、二十数名の小規模な捜査本部だった。

肝腎の課長の姿もない。早々に引き上げたようだ。

捜査一課からは、管理官がやってきていた。

それを見て、郡原が言った。

「まあ、課長が陣頭指揮とるような事案じゃねえよな」

「はあ……」

「組対に見栄《みえ》を張って、無理やり捜査本部を立ち上げたってとこだな。署としては迷惑極まりねえ」

「聞こえますよ」

「だいじょうぶだよ」

甘糟と郡原は、管理官に捜査本部参加を申告した。

管理官が言った。

「マル暴か。被害者が暴力団関係者ということだから、頼りにしている」

郡原が気をつけをしたまま言った。

「自分らは、どういう捜査をすることになるのでしょう？」

管理官の表情が曇った。

「それは、今後、捜一の係長や、所轄の刑事課長などと相談して決めるが……」

「マル暴には独自の情報入手ルートがあります。さきほど、管理官は我々を頼りにされると言われました。ならば、そちらを専門にやらせていただきたいと思うのですが……」

管理官はしばらく考えていたが、やがて言った。

「たしかに、そのとおりだ……。君たちには、独自に情報を追ってもらうことにしよう」

「だが、情報は共有するのが、捜査本部の原則だ。君たちは、それぞれ捜査一課の捜査員と組んで動いてもらう」

まあ、捜査本部となれば、それも仕方のないことだ。警視庁本部の捜査員と所轄の捜査員が組むのが原則だ。

管理官が言った。

「では、後ほど班分けを発表する」

二人は、礼をして管理官のもとを離れた。

並んで席に着くと、甘糟は郡原に尋ねた。

「足立社中の件、どうします？」

「管理官も言っていただろう。俺たちは、独自に情報を追っていいんだ。強行犯係のやつらみたいに、徹夜で地べたを這《は》いずり回るような捜査をすることはない」

「つまり、今までどおりに捜査していいと……」

「そのために管理官から言質を取ったんだ」

さすがは、郡原だと、甘糟は思った。

その後、捜査会議が始まり、事件の概要が説明された。さらに、班分けが発表される。

「了解しました」

甘糟の相棒は、五十近いベテランだった。いかにも頑固で厳格そうな顔つきをしている。

あまり組みたくないタイプだな。

甘糟はそう思った。

7

本部の捜査一課は、やはり所轄の刑事とはちょっと雰囲気が違う。いかにも切れ者という感じがする。

背広もワイシャツも、ぴしっとしているし、髪も神経質なくらいに整えている。動作もきびきびしていて、いかにもエリート集団の捜査一課という感じだ。

背広の襟には、「S1S」のバッジがついている。

そばにいるだけで緊張してしまう。

捜査本部の相棒を見て、そんなことを思っていると、郡原が近づいてきて甘糟に言った。

「まだこんなところで、ぐずぐずしているのか。さっさと足立社中の様子を見てこい」

「はい……」

そう言われても、勝手に動くわけにもいかない。甘糟は、ちらりと梶《かじ》の顔を見た。

梶が、郡原に言った。

「君は何だ？」

郡原は、梶の質問にはこたえず、甘糟に言った。

「聞こえないのか？　言われたことをすぐにやれ」

「君こそ聞こえないのか？　君は何者だと訊いているんだ」

郡原が梶を見た。

「こいつに用事を言いつけている者ですよ」

「官姓名は？」

「何で、そんなことを、あんたに言わなけりゃならないんです？」

「私が質問しているからだ。こたえてもらおう」

「人に名前を訊くときには、まず自分から名乗るものだって、俺は親から教わったけどな……」

「梶伴彦《ともひこ》。警視庁捜査一課、警部補」

郡原は、しかめ面をして、ぶっきらぼうな口調で言った。

「郡原虎蔵。北綾瀬署組対係、巡査部長。これでいいですか？」

「それで、私の相棒に何をしろと言っているんだ？」

「こいつは、俺の相棒なんですがね……」

「捜査本部では、私の相棒だ。君たちは、捜査本部に参加しているんだろう？　ならば本部の方針にちゃんと従わなければならない」

甘糟は、二人のやり取りを聞いて、はらはらしていた。

何も、こんなことでやり合う必要はない。郡原も、もっとフレンドリーな態度を取れないものだろうか。相手は、年も階級も上なのだから、もっと丁寧に接すればいいものを……。

甘糟は、つい相手に合わせてしまう。争い事が嫌いだ。

それで結局自分の意見を言えなくなってしまうこともあるが、だからといって、これまでの人生で特別困ったこともなかった。

事なかれ主義と言われても、別に恥ずかしいことだとも思わない。郡原のように、相手が誰であろうと、言いたいことを言う人をうらやましいと思うこともあるが、それはそれで生きづらいのだろうとも思う。

「俺たちは、助っ人なんですよ」

郡原が言った。「一から十まで、捜査本部の指示に従わなけりゃならないわけじゃない」

「とんだ考え違いだ。捜査本部は、集中的に人員を投入して、重要事案を早期に解決するために作られる。だから、全員が一丸《いちがん》となって捜査に当たる必要があるんだ」

「そんなこたあ、今さら言われなくたってわかってますよ。俺が言いたいのは、刑事は兵隊じゃないってことですよ。それぞれにやるべきことがある」

「所轄の日常の捜査じゃないんだ。捜査本部は特別なんだよ。兵隊じゃないと、今君は言ったが、捜査本部では兵隊に徹してもらう」

「捜査一課が言いそうなことだな。そんなこと言ってるから、まともな刑事が育たないんだ」

「私は自分のことを、まともな刑事だと思っているがね……。ところで、質問にこたえてもらおう。私の相棒に何を指示していたんだね？」

「管内に、足立社中という指定団体がありましてね。そこの様子を見てこいと言ってるんですよ」

「足立社中……？　妙な名前だな」

「最近は組だの一家だのは名乗りにくいんでね……」

「そういう団体は、企業名を看板にするものと思っていた」

「企業舎弟だのフロント企業だのってのも、すっかりマークしていますからね。やつらもあの手この手ですよ」

「被害者は、多嘉原連合という指定団体の構成員だったな。多嘉原連合について調べるというのならわかるが、どうして、その足立社中とかいう団体を調べるんだ？」

「どうしてそんなことを、あんたに説明しなくちゃならないんですかね？」

「私が質問しているからだ」

甘糟は、これ以上二人の様子が険悪になるのに耐えられず、発言した。

「あの……。足立社中は、多嘉原連合の対立団体なんです。多嘉原連合の組長は、関東中心の『坂東連合』の理事をつとめています。一方、足立社中は、もともとは東京の組だったのですが、抗争の後に関西の団体に吸収されました」

郡原が甘糟を睨んでいた。

そんなことを説明してやる義理はない、とその眼が語っていた。

「なるほど……」

梶がつぶやくと、郡原が言った。

「俺たちが独自に動くことは、管理官も納得してくれているんです」

梶が郡原をまじまじと見つめた。

郡原が居心地《いごこち》悪そうに、少しばかり身じろぎしてから言った。

「何ですか……。嘘じゃないですよ」

梶が言った。

「管理官が納得しているというのなら、文句はない。じゃあ、相棒が調べに行くというのなら、私もいっしょに行かねばならないだろうな」

「やめておいたほうがいい。やつらは用心深いですからね。野生の猫みたいなもんだ。知らないやつが訪ねて行くと、とたんに警戒しますよ。特に、相手が警察《ヒネ》だとね……」

「ヒネ……？」

「マルBのやつらが、警察官のことをそう呼ぶんですよ」

「マッポとか言うんじゃないのかね？」

「それは、非行少年たちが使う言葉です」

梶が、これまでマルBと、あまり関わってこなかったことが、今のやり取りでわかった。

所轄の刑事をやっていれば、何係であろうが、多少は地域のマルBと関わることになる。

傷害事件の加害者のかなりの部分をマルBの関係者が占めているし、風俗営業にも関わっている。

知能犯に関わっているマルBもかなりいるはずだ。

捜査一課にいるにもかかわらず、暴力団とあまり縁がなかったというのは、どういうことなのだろうと、甘糟は思った。

「それでは……」

梶が甘糟に言った。「出かけるとしようか」

郡原が梶に言う。

「俺は忠告しましたよ。馴染《なじ》みのないやつは行かないほうがいいって……」

梶は、郡原を無視するように席を立った。甘糟は、慌ててそれについていこうとした。

郡原の声が背後から聞こえていた。

「何かあったら、すぐに連絡しろ」


署を出たのは午前十時過ぎだった。

ヤクザ者というと、夜に活動しているという印象があるが、実は、けっこう朝が早い。特に、若い連中は朝から事務所の掃除をやらされたりなかなか忙しいのだ。前の夜から当番で早朝まで起きている者もいる。彼らも警察と同じで二十四時間勤務なのだ。

堅気と同じ生活をしていては、カスリで生きていくことなどできないのだ。

足立社中の事務所は、足立区中央本町《ちゅうおうほんちょう》三丁目にある。一戸建ての一階が事務所になっている。二階から上が組長の自宅で、若い衆が何人か居候《いそうろう》している。

署から歩いていける。梶といっしょに歩きながら、どうして警察官はみんな早足なのだろうと思った。

いや、自分も警察官なのだが、郡原なんかといっしょに歩いていても、ついていくのに苦労する。

初任教養を卒業して、現業の研修で地域課にいたときも同じように感じた。

やはり、俺は普通の警察官とは違うのだろうかと、甘糟はつい考えてしまう。

刑事になれたのが奇跡なのかもしれない。自分などが刑事になったことが、時折申し訳なくなる。

「ここか?」

梶が立ち止まり、言った。

区役所や水道局といった役所があり、小さな町工場がたくさんあった一帯だ。工場がすっかり少なくなり、寂《さび》れた感じがする。

そんな中に建っている豪邸だ。今時珍しい純和風の造りで、板塀に囲まれており、「足立社中」という看板もまったく違和感がない。看板とは別に、『破魔田大二郎《はまだだいじろう》』という表札がかかっている。組長の名前だ。

梶が感心したように言う。

「ほう。こうして見ると、日本舞踊の家元か何かに見えるな……」

「明らかに、それを狙ってますけどね……」

「掃除も行き届いている」

「行儀見習いとか、若い衆の大切な仕事ですからね」

「そういう話を聞くと、こういう連中も悪くないという気がする」

「ええと……。まあ、物事には必ずいい面と悪い面がありますからね」

「なるほど……。君はなかなか達観しているようだね」

「達観……。とんでもない……」

自分は、達観とか悟りとかから最も遠いところにいると思う。

「これから、どうするんだね？」

「ここまで来たんですから、中に入るしかないでしょう」

「事務所の中に、かね？」

「ええ、それが自分らの仕事ですから……」

甘糟は、銅板葺《ぶ》き屋根つき数寄屋門《すきやもん》の脇についているインターホンのボタンを押した。ちょっと見ると上品な和風の屋敷だが、実は板塀の背後には丈夫な鉄筋入りのブロックが積まれている。

門の屋根や塀の上にはいくつも防犯カメラが設置されている。すでに、甘糟の姿は事務所にあるモニターに映し出されているはずだ。

「何のご用でしょう？」

慇懃《いんぎん》な口調で尋ねられる。甘糟はこたえた。

「ちょっと近所に来たんで、寄ってみようと思ってさ」

これは、事務所を訪ねるときの常套句《じょうとうく》だ。

しばらくして、門が解錠される音が聞こえてきた。引き戸がからからと開かれる。

ジャージを着た坊主刈《ぼうずが》りの若者が門の向こうから、睨むように甘糟を見ていた。

甘糟は、彼のほうを見ないようにして門をくぐった。梶がすぐ後からついてきた。

ジャージ姿の若者は、屋敷の玄関に向かう。外から見えない玄関のドアは、鉄製の頑丈なものだった。拳銃で撃たれても弾丸が貫通しないドアなのだ。

若者は、玄関のドアを開けて、甘糟に「どうぞ」と言った。

甘糟は玄関の中に足を踏み入れた。そこは、純和風の外観からは想像もできないような、近代的なオフィスになっている。

「ほう……」

梶は、その様子に感心したようだ。

見慣れた顔の男が、笑みを浮かべて甘糟を見ていた。組員の熊野繁《くまのしげる》、通称シゲだ。年齢は三十二歳で、多嘉原連合のアキラより二つ年上だ。

「これは、甘糟さん。珍しいですね」

笑顔だが、眼は笑っていない。用心深く甘糟を観察してから、梶に視線を移した。

「そちらの方は、初めてですね」

「梶警部補だ」

「いつもいっしょの郡原さんは、今日はどうされたんです？」

「三百六十五日いっしょというわけじゃないんだよ」

そう言いながら甘糟は、事務所内の雰囲気を感じ取ろうとしていた。

もし、足立社中が事件と関わりがあるとしたら、必ず何かの兆候が見て取れるはずだ。

甘糟は、さりげなく事務所内を見回した。

隅っこに、モニターがいくつも並んでいる机があり、そこに若い組員が座ってい
る。防犯カメラのモニターだ。

テレビも三台置かれている。何か起きたときに、三つの局のニュースを同時に見
られるようにしているのだ。

もっとも、テレビは彼らの商売道具でもある。高校野球など、スポーツ中継で賭
けの胴元をやるのだ。

「まあ、おかけください」

シゲが言う。彼は、ガタイがいい。アキラなんかと違い、彼はれっきとした大卒
だ。私立の有名大学の柔道部出身だ。

そこの柔道部は、代々、警察官とヤクザのＯＢが多いと言われている。

髪はオールバック。薄いブルーグレーのサングラスをかけている。本人に言わせると、近視用の眼鏡《めがね》なのだそうだ。口髭を生やしており、見かけは一人前だ。

「お言葉に甘えて、ちょっと邪魔するよ」

甘糟は言った。「あ、お茶はいらないからね」

甘糟と梶が並んでソファに腰かけると、すぐさま茶が出てきた。一流ホテルも真似ができないタイミングだ。

「だからさ……」

甘糟は言った。「お茶はいらないって言ってるだろう」

「まあ、そうおっしゃらずに……」

甘糟はいつものように手をつけない。それに気づいたのか、梶も手をつけなかった。

甘糟はシゲに尋ねた。

「最近、何か変わったことはない？」

シゲは、テーブルを挟んで、甘糟たちの向かい側に腰を下ろすと、溜め息をついて言った。

「相変わらず、不景気でしてね……」

「上納金もままならないってとこ？」

「実際、きついですよ。でもまあ、自分らの仕事はお布施を納めることですから……」

「何かトラブルはないだろうね？」

「シノギで精一杯ですよ。よそと揉めてる暇はありませんや」

そのとき、防犯カメラのモニターを見ていた若者が、大きな声で告げた。

「紀谷《きたに》さんと、面輪《おもわ》さんです」

それを聞いたシゲの顔色が変わった。

「ちょっと失礼しますよ」

彼は立ち上がり、若い衆に命じた。「すぐに玄関でお出迎えしろ」

梶が小声で甘糟に尋ねた。

「何事だ？」

甘糟も小声でこたえる。

「紀谷武三《たけぞう》は、この組の若頭。面輪徹雄《てつお》は、若頭補佐です」

関西系なので、組のナンバーツーを若頭と呼ぶのだ。関東の博徒系なら、代貸《だいがし》という。

若い衆がばたばたと玄関の外まで駆けて行った。

やがて、貫禄《かんろく》のある二人が事務所に入ってきた。紀谷は四十六歳、面輪は四十二歳だ。堅気の世界では働き盛りだが、この年で幹部になる組員は珍しくない。

シゲが、深々と腰を折って、大声で言った。

「ごくろうさんです」

その後について、若い衆も声を合わせて同じことを言う。

組員全員が、立って気をつけをしている。あやうく、甘糟も立ちそうになった。警察官も、幹部が入室あるいは退出するとき、必ず起立する。

二人の幹部は、事務所内ではたと立ち止まり、二人の刑事を睨むように見た。それだけで、甘糟は逃げ出したくなった。

若頭の紀谷が言った。

「だんな、今日は郡原さんとごいっしょじゃないんで……?」

甘糟はこたえた。

「シゲさんにも同じことを言われた。いつもいっしょというわけじゃないんだよ」

「そうですか?」

紀谷は猜疑心に満ちた眼を向けてくる。「ここにいらっしゃるときは、いつもいっしょじゃないですか」

「仕事だからね。別な人と組むこともあるよ」

紀谷は、背が高くなく、がっしりとした体つきをしている。腹が出てさえいなければ、かなりいい体格と言えた。

坊主刈りにサングラス、そして口髭。お約束のヤクザスタイルだ。

一方、若頭補佐の面輪は、ヤクザには見えない甘いマスクをしている。スーツの着こなしも、厭味《いやみ》がなく、なかなかおしゃれだ。

どちらかというと細身で、身長は、面輪のほうが紀谷よりも、少しだけ高い。

紀谷が言った。

「シゲと何か話をされていたのですか？」

若頭ともなると、口調も丁寧だ。だが、決して上品とは言えない。

「別に用があったわけじゃないよ。近くに来たんで寄ってみただけだ」

「ほう、近くに……。この近くというと、区役所とか、水道局とかですか？」

「まあ、そんなところだね」

刑事は、捜査のときに相手の質問にこたえてはいけないと、先輩に教わったことがある。だが、こういう相手の質問を無視する度胸は、甘糟にはない。

甘糟は、梶に目配《めくば》せしてから立ち上がった。

「何だか、忙しそうだから、失礼するよ」

梶もすぐに立ち上がった。

呼び止められるかと覚悟していたが、紀谷も面輪も何も言わなかった。事務所を出るときには、一度必ず振り向けと、郡原に教わったことがある。

その瞬間に、組員たちがどういう動きをするか、あるいは、どういう表情をするかを確かめるためだ。

甘糟は、そっと振り向いた。

誰も甘糟たちのほうを見ていなかった。甘糟と梶は事務所を出た。

8

「別に何もなかったな」

帰り道、梶が言った。

「そうですね……」

甘糟は生返事をした。

「事件には関係ないと見ていいな」

「はあ……」

甘糟は、事務所の様子を思い出していた。一見何事もない様子だった。

だが、実は甘糟は普通ではない雰囲気を感じ取っていた。普段からマルBの事務所に出入りしていないとわからない。

マル暴だけが感じ取れるものだった。

甘糟は言った。

「普段は、シゲはあんなに友好的じゃないんです」

「ん……?」

梶は、甘糟が何を言ったのか理解できない様子だった。「シゲってのは、あのでかい組員か?」

「そうです」

「今日は機嫌がよかったんじゃないのか?」

「まあ、そうかもしれませんが……」

「それが何か気になるのか?」

「あの連中がいつもと違う態度のときは、何か理由があると考えたほうがいいんです」

「私には何も感じなかったがね……」

あんた、マルBのこと、どこまで知ってるんだよ。思わず、ツッコミたくなったが、もちろん、そんなことはできない。

「そうですか」

甘糟は、そう言っただけだった。

捜査本部に戻ると、すぐに郡原が近づいてきて、甘糟に尋ねた。

「どうだった?」

甘糟より先に、梶がこたえた。

「別にどうということはなかった」

郡原は、梶を無視するように、甘糟にもう一度尋ねた。

「どんな様子だったんだ?」

甘糟はこたえた。

「普段は、突っかかるシゲが、妙に愛想がよかったんですよ」

「そいつはひっかかるな……」

「若頭と若頭補佐が顔を出しました」

郡原の顔色が変わった。

「マジか……」

「そろって事務所にやってきました」

「やっぱり、何かあるな……」

郡原が考え込むと、梶が苛立《いらだ》った様子で言った。

「いったい、何を言ってるんだ。組の若頭と若頭補佐が事務所に顔を出すのは、当たり前のことだろう」

郡原が、面倒臭そうに言う。

「幹部ってのは、どこでもたいていは重役出勤なんですよ。それが、午前十時とか十一時とかに事務所にやってくるってのは、何かあった証拠でしょう。それにね、若頭と若頭補佐が顔をそろえてやってきたんでしょう? 二人は事務所に来る前にどこかで会っていたということですよね。何か話し合っていたのかもしれない。幹部がそんな時間に話をしているというのも普通じゃない」

「それは事件と関係があるのか？」

「それはわかりませんね。それをこれから調べてみなけりゃなりません」

「他の捜査員は、半グレを調べているんだ」

「だから、そっちは捜査一課や強行犯係に任せますよ。俺たちは、俺たちのやるべきことをやります」

「足立社中を調べる根拠は何だ？」

「根拠？　そんなものはありませんね。俺たちは、いつもと違った動きをキャッチするだけです」

「ふうん……」

梶は考え込んだ。「そんな悠長なことをやっている場合ではないだろう。何か怪しい動きがあると思ったら、誰かを引っ張って来て話を聞けばいいだろう」

郡原が驚いたように言った。

「引っ張って来て、しゃべると思いますか？」

「吐かせるのが、刑事の仕事だろう」

「やつらは、損得勘定がきっちりしてますからね。何か自分らに得があると思わなけりゃ何もしゃべりませんよ」

「ヤクザは、けっこう歌うと聞いたことがあるよ」

歌うというのは、自供を含めて、尋問されて口を割ることを言う。

「突っ張っても損をするだけだと思ったら、ぺらぺらしゃべりますよ。でも、逆にしゃべったら損をするとか、組の利益に反するようなときは、決してしゃべりません」

「じゃあ、これからどうするんだ？」

「様子を見ますよ」

「それだけか？」

「それだけです」

郡原が言っていることは正しい。

強行犯の捜査なら、被疑者を割り出して、身柄を引っ張り、吐かせればいい。

だが、組織犯罪の場合はそうはいかない。相手はプロだ。簡単に尻尾《しっぽ》は出さないし、多くの場合、犯罪が発覚した場合の準備もしている。

だが、梶は納得しそうもなかった。

「ヤクザなんだから、叩けばいくらでも埃《ほこり》は出るだろう。片《かた》っ端《ぱし》から引っぱって叩けばいい」

「やってみるといいですよ。誰か一人を引っぱったとたんに、やつらは貝のように口を閉じますよ」

「じゃあ、相手にしないことだ。捜査の本命は、半グレだ。そちらに集中すればいい」

「ホシは半グレだと言い切れるんですか？」

「それが捜査本部の方針だ。捜査員は、その方針に従って動けばいい」

「あんたは俺に、足立社中を調べる根拠は何かと訊きましたよね？　じゃあ、俺も訊かせてもらいます。ホシが半グレだと考える根拠は何です？」

「捜査会議で何を聞いていたんだ」

「話はちゃんと聞いていましたよ。それだけじゃない。俺は、初動捜査に関わっているんです」

「それなら、手口が半グレのものだということはわかっているんだろう」

「たしかに、鈍器でぼこぼこにするってのは、半グレのやりそうなことですがね……」

「それに、犯行現場に停まっていた車は、連中が使う類《たぐい》の車だということだ」

「まあ、それも否定はしません」

「それだけの根拠があれば充分だろう」

「車のナンバーが判明しているにもかかわらず、まだ持ち主もわかっていないんでしょう?」

「まあ、登録している持ち主を調べるのに手間取ることだってあるさ」

「普通では考えられませんよね。陸運局に問い合わせれば、一発だ」

「それがどうかしたのか？　いずれわかることだろう」

「誰かが細工をしたのかもしれません」

「誰か……？　誰が何のために……？」

「それを、これから調べるんですよ。ただ、ですね、マルBという連中は、そういう細工にも慣れているんです。そういうことになると、行政書士並に頭が切れる。いや、実際、行政書士くずれのような連中を抱えている組もある」

「車の持ち主を洗い出すのに、ちょっと手間取っているだけのことだろう。重箱の隅をつついたって、ホシは挙げられない」

その言葉に、郡原は驚いたような顔をしてみせた。

「おや、捜査というのは、重箱の隅をつつくようなものだと思っていましたがね……」

「細部にこだわるあまり、大筋を見誤ってはいけない」

この二人は、どうしてすぐに言い合いを始めるのだろう。もしかしたら、前世で何かあったのかもしれないと、甘糟は思った。

まあ、どちらの言い分にも一理ある。

ただ、甘糟は郡原とともに、マル暴刑事の経験を積んでいるので、どうしても郡原に軍配を上げたくなる。

郡原が言った。

「神は細部に宿る、という言葉もあります」

それ、ちょっと違うだろう、と甘糟は思った。もともとは、建築家の言葉だったはずだ。

拡大解釈された感があり、何やら哲学っぽく聞こえるが、デザインの世界の話なのだ。

だが、梶を煙《けむ》に巻くには充分な言葉だったようだ。梶は、それ以上議論を続ける気をなくしたように見えた。

「とにかく、昼食後は、私と甘糟は、半グレの線を当たる。いいね？」

郡原はこたえた。

「いや、甘糟は、午後はまた、多嘉原連合の事務所に行かなけりゃならないんですよ」

甘糟は思わず言った。

「え、自分、そんな話は聞いてませんよ」

「今聞いただろ」

「彼の言うことは聞かなくていい。私の指示に従うんだ」

梶は甘糟にそう言うと、早足でその場を歩み去った。

甘糟は、その後ろ姿を見送ってから、郡原に言った。

「自分は、どうすればいいんですか?」

「俺に訊くな。てめえで決めろ」

「梶さん、警部補ですよ。逆らえないじゃないですか」

「こっちは、管理官の言質を取ってるんだ」

「それはそうですが……」

「おまえ、ホシが半グレだと思うか?」

「捜査本部がそういう方針だというのなら、従ったほうがいいと思いますが……」

「そういう問題じゃねえんだよ」

郡原が顔をしかめた。「てめえの頭を使えってことなんだ。おまえ、刑事の中で捜査一課が一番だ、なんて思ってねえだろうな?」

「いや……。え、でも、そうなんじゃないんですか? S1Sなんてバッジつけてるし……。あれって、捜査一課セレクトの略なんでしょう? つまり、選ばれた刑事たちってことだし……」

「自分たちで勝手にそう言ってるだけだよ。強行犯を扱うからマスコミは派手に取り上げる。だが、やってることは、梶を見てもわかるように、兵隊と変わりない。重大事件になると、必ず帳場が立つ。そうなると、個人の思惑など関係なく、ひたすら兵隊として言われたことを調べる。それに慣れてしまう。だがな、本来の刑事というのは、独自の情報網を持って、自分自身の頭で考えるものだ。俺は、そう教わったんだ」

「はあ……」

「いいか？　二課は知能犯のプロだ。三課は盗人《ぬすっと》のプロ。そして、四課はマル暴のプロだ。捜査一課だけが偉そうにする理由なんてねえんだ」

四課は、かつて刑事部にあった。今は、組織犯罪対策部にあるが、そこでも相変わらずマル暴は四課なのだ。

「それって、もしかして、コンプレックスですか？」

だから、捜査一課の梶に妙に突っかかるのかもしれないと、甘糟は思った。

次の瞬間、余計なことを言ってしまったと思った。郡原に睨まれたのだ。

彼は低い声で言った。

「てめえ、殺すぞ」

「あ、すいません、すいません……」

本当に殺されるかもしれないと思った。それくらいに、郡原は怖い顔だった。

「いいか?」郡原は、ヤクザが念を押すような言い方をした。「もう一度言う。てめえの頭を使え」

「はい」

「改めて訊くぞ。ホシは半グレだと思うか?」

甘糟は、しばらく考えてからこたえた。

「正直言ってわかりません」

郡原は、うなずいた。

「実は俺もそうなんだ」

「え……?」

「考えれば、考えるほど、半グレの仕業じゃないような気がしてくるんだ」

「はあ……」

「だが、鈍器による殴打や、現場近くに駐車していた車の特徴など、状況証拠は、すべて半グレが犯人だということを示しているように見える。それが逆に解せねえんだ」

「前にも一度、そんな話をしませんでしたっけ?」

「そうだっけな……」

「いかにも半グレっぽい手口が、逆に怪しいというような……」

「ああ……」

「やはり、誰かが半グレに見せかけたということでしょうか？」

「その可能性を否定せずに、捜査してえんだ」

「だから、足立社中の様子を見ろと言ったんですね？」

「ああ、ゲンは多嘉原連合の身内だ。それを殺害したとなれば、当然対抗組織の足立社中の動向を調べなくちゃならねえだろう」

「梶さんに、そのことを話せば、納得してくれるんじゃないでしょうか？」

「俺は話したくねえよ」

やっぱりコンプレックスなんじゃないのか……。

甘糟はそんなことを思ったが、もちろん今度は、口には出さなかった。

「自分は、梶さんには逆らえませんよ」

郡原は、しばらく考えてから言った。

「俺はあいつと話をしたくないが、おまえは話をすべきだと思う」

「そんな……」

「もう一度、多嘉原連合の様子を見てこい。へたをすると、抗争事件に発展しかねねえぞ」

「え、抗争事件……？　なんで……、どうしてです？」

「だから、てめえの頭で考えろって言ってるだろう」

郡原も甘糟のもとを離れていった。一人取り残された形の甘糟は、どうしていい
かわからず、しばらくその場にたたずんでいた。

捜査本部に参加すると、食事もまともに取れなくなる。やることがたくさんある、
という理由もあるが、二、三日経つうちに、寝不足と疲労で食欲がなくなってくる。

それで、ついついちゃんと食事をする機会を逃してしまうのだ。だから、食べら
れるうちに食べておこうと、甘糟は考えた。

梶は、昼になっても食事に行こうとしない。甘糟は、おそるおそる声をかけた。

「あの……。そろそろお昼の時間ですけど……」

「刑事には、食事の時間など関係ない」

「はあ……。じゃあ、昼食はとらないんですか？　食べられるうちに食べておいた
ほうがいいと思いますが……」

梶は、時計を見てからこたえた。

「それもそうだな。このあたりで、おすすめはあるか？」

おすすめって、観光案内じゃないんだから……。

甘糟は、そう思いながらこたえた。

「自分は寮に戻って食べたり、署の食堂で食べることが多いのですが……」

「ここの食堂はどうなんだ？」

けっこう、食べ物のことを気にするんだ……。

「悪くないと思いますよ」

甘糟は、梶を食堂に案内した。今日の定食というのがあり、二人はそれを頼んだ。トンカツ定食だ。

警察官は、たいてい健啖家《けんたんか》なので、食堂の食べ物は量が多い。警察学校でみんな大食いになるのだ。

梶は、丼の飯を三分の一ほど残した。甘糟は思った。すっきりした体型を保つためにけっこう無理しているのかもしれない。

刑事は、大食であると同時に早食いだ。おしゃべりをしながら、ゆっくり食事をするなどという習慣はない。

甘糟も梶も、黙々と昼食を平らげ、捜査本部に戻った。

すると、本部内が少々あわただしい。

甘糟が梶に言った。

「何かあったようですね」

梶は、近くにいた捜査一課の係員に尋ねた。

「何があった？」

その係員がこたえる。

「あ、例の車の持ち主がわかったようです」

梶が甘糟に言った。

「ほらな。ちゃんと捜査は進んでいるんだ」

「いや……、自分は何も言ってませんけど……」

梶が再び、捜査一課の係員に尋ねる。

「それで、持ち主の素性は？」

「元暴走族の無職の男です。年齢は、三十二歳」

梶が満足げに言った。

「つまり、半グレというわけだな」

「はい、そういう線で調べを進める方針のようです。今、判明したその人物の住所や立ち回り先に、捜査員が急行しています。詳しいことは、後ほど、管理官から説明があると思います」

梶は、捜査本部内を見回した。何をしているのだろうと、甘糟は思った。

やがて、梶は視線を止め、その先に向かって歩きはじめた。甘糟は、あわてて彼を追った。視線の先には、郡原がいた。

梶は、郡原が座っている席の脇に立った。郡原がそれに気づいて顔を上げる。

梶が言った。

「車の持ち主がわかったそうじゃないか」

郡原がこたえる。

「そのようですね」

「持ち主は、半グレらしいな」

「そうかもしれません」

「これで、もう疑いの余地はなくなった。君も、意地を張らないで、半グレがホシだという線で、捜査をしてくれ」

郡原は、かぶりを振った。

「だから、それは捜査一課と強行犯係に任せると言ってるじゃないですか」

梶は、むっとした表情になった。

「被害者は、駐車場で複数の人間に襲撃された。鈍器で何度も殴打されて死亡した。それは、半グレたちの手口だ。そして、現場付近に駐車していた車の持ち主が半グレだったことがわかった。これ以上、半グレの犯行であると断定するのに、何が必要だというんだ？」

郡原は、しばらくこたえなかった。彼は、やがて言った。

「捜査本部が、犯人を絞ることについては、何も言うことはありませんよ。しかしね、捜査一課みたいに、一つの可能性だけに絞って猪突猛進《ちょとつもうしん》するのは、俺の趣味じゃないんですよ」

「そういう集中的な捜査が必要な場合が多いんだ。事実、それが成果を上げている」

「マルBは、みんな悪賢い。一見、単純そうな出来事でも、やつらが絡むとそうでなくなるんです」

「いったい、何が気になるというんだね？」

「いろいろありますよ。どうして、車の持ち主が判明するのに、時間がかかったのか。そして、おあつらえ向きに、持ち主が半グレだったってのも、逆にひっかかります」

「もっと素直に考えられないのかね？」

郡原は、かまわずに続けた。

「そして、犯人たちは、被害者のゲンを監禁しておきながら、あの駐車場で殺害しようとした……。それはどうしてなのか気にかかりますね」

郡原の言葉に、梶は押し黙っていた。

9

梶が慎重な口調で言った。

「被害者が、監禁されていたという証拠はない」

郡原は、あきれたように言った。

「被害者は、あの現場で暴行を受ける前に、すでに傷を負っていた。さらに、手首に縛られた跡があった。それを俺は、強行犯係のやつから聞いたんだ。だから当然、あんたも知っているものと思っていたがな」

「傷のことは知っていた。だからって、監禁されていたことにはならない」

「被害者は、現場で暴行されるまでの三日間、連絡が取れなくなっていたんだ。監禁以外に、何が考えられる？」

梶が、眉《まゆ》をひそめた。

「三日間、連絡が取れなかっただって？　それは初耳だな」

郡原は、ふんと鼻で笑った。

「俺たちマル暴だって、仕事はするんだよ」

「じゃあ、半グレたちが、被害者を監禁していたわけだな？」

「鑑識その他の情報によると、被害者が致命傷を負ったのは、あの駐車場の現場で間違いない」

「それは知っている」

郡原は、相手にできない、という顔でかぶりを振った。

そして、甘糟に向かって言った。

「なあ、捜査一課、捜査一課ったって、たいしたこたぁねえだろ？」

梶が取り澄ました顔のまま、郡原に言う。

「それは、どういうことだね？」

「エリートの捜査一課様なんだろう？　自分で考えたらどうだ？」

「半グレが、被害者を監禁して痛めつけ、その結果、被害者は死亡した。今のところ、傷害致死だが、場合によっては、殺人罪の適用もありうる。そういうことだ。それ以外に何がある？」

郡原は、またかぶりを振った。

梶が腹を立てる前に、説明しよう。甘糟はそう思った。

「あのですね、半グレだか誰だか知らないですけど、犯人たちは、ゲンを監禁していたのはほぼ明らかですよね？」

「ゲン……？」

「あ、被害者のことです。東山源一、通称、ゲン」

「まあ、手首に縛られた跡があったんだ。三日間連絡が取れなかったというのが本当なら、監禁されていたということも考えられるな……」

「なのに、わざわざあの駐車場まで連れて来て暴行を加えたのは、なぜでしょう？理屈に合わないような気がするんです」

「理屈に合わない？」

「痛めつけるのが目的にしても、殺害するつもりだったにしても、監禁している場所でやるほうが簡単だし、目撃されるリスクも少ないと思うんです。事実、車が監視カメラに捉えられているわけですし……」

「犯罪者は、しばしば理屈に合わないことをやるんだよ。だから、捕まる。どうして、あの駐車場まで被害者を運んだかは、被疑者を確保して、話を聞けばわかることだ」

二人のやり取りを聞いていた郡原が言った。

「マルBやマル走上がりの連中は、無駄なことはしないんだ。いつも、違法すれすれの世界で生きているからな。腹が立つほど悪賢い。だから、俺たちマル暴は、理屈に合わないことがあると気になるんだ。そこに何かの意味があるんじゃないかってな。まあ、素人相手の捜査一課じゃ、そういうことはわからないかもしれないがな……」

「素人相手……？」

「殺人、強盗、放火、強姦……。どれも、たいていは素人の犯行だ。だから、ドジを踏んで、目撃情報や遺留品が出る。だがな、マルBは、用意周到だし、証拠隠滅や、目撃者の口封じにも気を抜かない」

「本部の一課だって、プロを相手にすることはある」

「けどな、その割合はそれほど多くはない。そして、あんたが言うプロは、たいていはマルB絡みだ。俺たちの領分なんだよ」

梶が、さらに反論するだろうと、甘糟は思った。

だが、意外なことに、彼はじっと考え込んだのだ。

甘糟はそっと郡原の顔を見た。郡原も見返してきた。

しばらくして、梶が言った。

「じゃあ訊くが、監禁していた被害者を、あの駐車場に運んだのに、どんな意味があるというんだ？」

今度は、郡原が黙り込む番だった。甘糟は、郡原がどうこたえるか、半ば期待し、半ばはらはらしていた。

甘糟も、そのこたえを知りたいと思っていたのだ。

やがて、郡原が言った。

「それがわかれば、このヤマは解決したも同然だよ」

梶が、冷ややかに言った。

「なんだ、偉そうなことを言ったが、結局わからないということじゃないか」

「わからないから、捜査をするんだ」

「だから、半グレを調べると言っている」

「見当外れの場所を掘ったってお宝は出てこねえんだよ」

梶は、また考え込んだ。

いったい、何を考えているんだろう。甘糟は、怪訝に思った。

もしかしたら、郡原をやり込める方法を考えているのかもしれない。

長い沈黙の後、梶が言った。

「半グレの線が、見当外れだという根拠があるのなら、管理官に報告しなければならない」

「報告するほどのことは、まだわかっちゃいないよ」

郡原の発言は、歯切れが悪かった。

梶が、溜め息をついた。

「何が何だか、訳がわからなくなってきた。捜査本部の方針は、あくまで半グレによる集団暴行だ。どうしてそれに従うことができないんだ?」

「何度も言ってるだろう。そっちを調べるのは捜査一課と強行犯係に任せるって……。気になることは徹底的に調べる。それが、俺のやり方だ」

「独断専行は許されないんだ」

「警察の捜査は、軍隊の作戦とは違うんだ。いろいろな可能性を考えなきゃ、たいへんなことになる」

「たいへんなこと……?」

「誤認逮捕。ひいては、冤罪《えんざい》だ。検事や判事なんて、法律のことしか知らないから、海千山千の刑事の言うことを鵜呑《うの》みにしちまうだろう。だから、実社会をよく知っている俺たちがしっかりしなけりゃならねえんだよ」

梶が驚いた顔をした。

「検事や判事が刑事の言うことを鵜呑みにするだって? それは大間違いだぞ。そんなことになったら、日本の法制度は成り立たない」

郡原は、にっと笑った。

「あんたは、けっこう人がいいのかもしれねえな。司法制度がまっとうに機能していると信じているんだ」

「当たり前だろう」

「警視庁本部にいると、現場のことが見えなくなる。マルBなんかと関わっているとな、法律なんてみんなザルだと思えてくるよ」

「君のような刑事がいること自体が問題だと思えてきた」

「俺のような刑事がいないと、本当に悪いやつらを検挙することができなくなるんだよ」

二人が言い合いをしていても埒《らち》が明かない。甘糟は、そう思って言った。

「あの……」

郡原と梶に、同時に「何だ」と言われて、甘糟は思わず、首をすくめていた。

「自分は、多嘉原連合、足立社中、両方の動きが気になるんですけど……」

郡原が仏頂面で言った。

「そう思うんなら、さっさと調べに行けよ」

「それを、梶さんに話そうと思っていたら、車の持ち主がわかったという知らせがあったりで、うやむやになっちゃってまして……」

梶が甘糟に尋ねた。

「何を話そうと思っていたんだ？」

「郡原さんは、ですね、こう考えているんです。やり口も半グレっぽいし、車もいかにも半グレが使うものっぽかった。そして、捜査が始まってしばらくして、車の持ち主が、元マル走だとわかった。これは、何だか不自然で、誰かが半グレの仕業に見せかけていることも考えられるって……」

梶が尋ねる。

「だから……？」

「多嘉原連合と足立社中の動きを追うのが、自分らの役目なんじゃないかと……」

郡原が言う。

「餅《もち》は餅屋なんですよ」

「通常の捜査なら、それもいいだろう。だが、捜査本部の捜査員がやることじゃない」

「わかってねえな……」

「何がだ？」

郡原が甘糟に言った。

「おい、説明してやれ」

「え……？」

甘糟は、思わず目を丸くした。「何をですか？」

郡原が顔をしかめた。

「まだまだ阿吽《あうん》の呼吸とはいかねえか……。俺たちがやろうとしていることの、緊急性について説明してやれって言ってるんだ」

「あ、ええと……。緊急性……」

そこまで言われて、甘糟はようやく気づいた。「つまりですね、足立社中の若頭と若頭補佐が、何かを相談している様子だったということは、組が何か動きを見せる前兆かもしれないということなんです」

「それが、本件と何か関係があるのか？」

梶の言葉に対して、郡原が言う。

「関係あるから、組が動くんでしょう」

「どういうふうに動くんだ？」

「それがわからないから、張り付く必要があるんです。もしかしたら、やつらは、ホンボシを知っているかもしれない」

梶が驚いた顔をみせた。

「どうして足立社中が……」

「そんなこたあ、わからねえ。だが、その可能性はないわけじゃない」

そのとき、甘糟の携帯電話が振動した。甘糟は、郡原に告げた。

「アキラからです」

「出てみろよ」

甘糟は電話に出た。

「はい、甘糟」

アキラは、いきなり言った。

「車の持ち主がわかったんだって？」

甘糟は驚いて言った。

「どうして知ってるんだ？」

「あんた、正直だね。ホント、刑事だってことを忘れそうになるよ」

しまった。甘糟は思った。

「カマかけたね」

「そろそろ、わかっていてもおかしくない時期だと思ってな……」

「俺は知らないよ」

「今、捜査本部にいるんだろう？」

「また、カマかけようってのかい？」

「いや、こいつは確認済みだ」

「どうやって、そういうことを知るわけ？」

「それは秘密だ。なあ、車の持ち主が知りてえんだけど……」

「そんなこと、教えられるわけないだろう」

「あんたなら、教えてくれるんじゃないかと思ったんだけどな」

「冗談じゃないよ。そんなこと教えたら、俺、本当にクビになるからね」

「そうなったら、うちの関係で働けばいい」

「キャバクラの黒服とか、俺がやるわけ？　ふざけないでよね」

「まあいい。あんたが教えてくれなくても、知る方法はある。じゃあな」

「あ、ちょっと待ってよ」

電話が切れた。

郡原が甘糟に尋ねた。

「何だって？」

「例の車の持ち主を教えろって言ってました」

「ふざけた野郎だ」

「捜査本部が、車の持ち主を割り出したことを知られてしまいました」

「まあ、それはどうということはない。問題は、これからやつがどう動くか、だ」

「ゲンを監禁して暴行を加えた犯人たちに、落とし前をつけさせようということでしょう。彼らも、必死で犯人を追っているわけです」

「おまえも、少しは物事がわかるようになってきたな」

「それくらい、中学生でもわかりますよ」

「だが、警察官でもわからないやつがいる」

郡原はそう言って、梶を見た。

また、そういうことを言う……。

甘糟は、郡原をたしなめたかった。しかし、実際にはそんなことはできない。怒鳴られるのがオチだ。

梶は、完全に会話から締め出されており、きわめて不機嫌そうだった。

「アキラというのは、何者だ？」

梶の質問に、甘糟がこたえた。

「多嘉原連合の構成員です。若いですが、なかなかやり手で、組長に気に入られています」

「それが、車の持ち主を知りたがっているという話だね？」

その質問にこたえたのは、郡原だった。

「そう……。車の持ち主を引っぱったり、ガサかけたりしたら、ちょっと面倒なことになりそうだな……」

「どうしてだ？」

郡原は、うんざりした顔になった。わざとそういう顔をしてみせたのだろう。

「アキラは、車の持ち主を知りたがってる。一番手っ取り早いのは、警察の動きを監視することだ。へたをしたら、先回りをされる」

「先回り……？」

「やつらは、自分の手で犯人を始末したいんだ。そうでなければ、腹の虫はおさまらないだろうし、面子《メンツ》をつぶすことになる。マルBの世界では、恥をかいたら生きてはいけないんだ」

甘糟は言った。

「自分は、アキラの動向を探ります。向こうはこっちを見張るつもりでしょうが、先手を打てば、こちらが向こうを監視できます」

「そうだな」

郡原が言った。「先手必勝だ」

「待て」

梶が言った。「私の相棒だ。一人で行かせるわけにはいかない」

「まだ、わからないのか？　すぐにでも手を打たないと手遅れになる」

「だから、私もいっしょに行くと言ってるんだ」

覆面の捜査車両を一台確保できた。

実は、それは梶のおかげだった。彼が管理官に掛け合ったのだ。

覆面車には、郡原、甘糟、梶、そして郡原が捜査本部で組むことになった若い捜査一課係員がいた。

若い捜査員の名は、遠藤弘《えんどうひろし》、階級は、巡査部長。若いといっても、三十歳は過ぎている。捜査一課では若手だという意味だ。

おそらく自分より、二、三歳年下だろうと、甘糟は思った。

彼が運転を担当していた。助手席に郡原がいる。後部座席に、甘糟と梶がいた。

本来、甘糟が助手席に座るべきなのだろうが、そうなると、郡原と梶が後部座席に並んで座ることになる。郡原がそれを嫌がったのだ。

多嘉原連合の事務所の近くに駐車させ、様子を見た。

事務所の前に、いつもアキラが使っている黒いセダンが停まっていた。

「アキラは、事務所にいるようですね」

甘糟が言うと、郡原がこたえた。

「確認を取る必要がある。おまえ、ちょっと事務所覗いてこい」

「え……。自分一人でですか？」

「なに驚いてるんだ。マル暴が指定団体の事務所をチェックしに行くのは、当然のことだろう」

「はい……。でも、自分が顔を出すと、また車の持ち主を教えろって、ねちねちやられますよ」

「教えなきゃいいだろう。早く行って来い」

「ちょっと待て」

梶が言った。「捜査本部にいる間は、甘糟は私の相棒だ。勝手に指示しないでくれ」

郡原が言った。

「アキラが事務所にいるかどうか、確認しなきゃならないんです。どうしろって言うんです？」

梶は甘糟を見て言った。

「私が指示を出す。甘糟、事務所に行って、アキラの所在確認をしてくるんだ」

なんだよ、面倒くさい。

甘糟は、そう思いながら、返事をした。

「わかりました。行ってきます」

10

車を降りると、多嘉原連合の事務所に向かった。

事務所の前に駐車している黒塗りのセダンから、目つきの悪い若者が降りてきた。黒いスーツに白いシャツ。ノーネクタイだ。坊主刈りに口髭。

典型的なヤクザスタイルだ。これだけわかりやすいとありがたい。

相手がマルBだとわかれば、警察官はマークしやすいし、一般人は接触を避けることができる。

ヤクザは、当然のことながら、存在するだけなら、罪にもならないし、迷惑な存在ではない。

一般人と関わりを持ち、脅したり、金を吸い上げようとするから問題なのだ。一般人と接触しなければ、別に組を名乗ろうが、事務所を構えようが、いいのではないかと、甘糟は思っている。

だが、そうもいかないのだろう。

事務所を構えれば、近所の住民たちが怯《おび》える。ヤクザは、近くにいるだけで、一般人の迷惑になるというのが、警察の上層部や、司法関係者の考え方なのだ。

現在の与党は、戦後の混乱期や六〇年安保のときなどに、さんざんヤクザを利用しておきながら、今は、根絶しようとしている。

ヤクザは、いい意味でも悪い意味でも、日本の風土と文化が産みだしたものだ。根絶しようとしても、なくなるものではない。

甘糟は、そう考えていた。

立場上、そんなことは間違っても口に出せない。しかし、あらゆる文化は、誇らしく、華やかな正の側面と、暗く危険な負の側面を合わせ持っているものだ。

ローマ帝国の繁栄は、戦乱と搾取《さくしゅ》の結果だ。

アメリカ合衆国の豊かさの陰には、ネイティブアメリカンへの虐待やアフリカ系住民の不当な支配があった。

日本の文化にももちろん、そうした負の側面があり、ヤクザはその最たるものだ。言葉を換えれば、日本人一人一人の血がヤクザを産みだしたとも言えるのだ。

だからといって、甘糟は彼らを認めているわけではない。

暴力団が反社会的な集団であることは間違いないし、彼らの存在は、やはりとんでもなく迷惑なのだ。

黒スーツの若者が、甘糟に言った。

「おう、何か用か？」

おしなべて、マルBは、若いほうが態度が悪い。

「アキラさん、いる？」

「アキラさんに、何の用だ？」

「さっき、電話もらったんだよ。事務所にいないなら、出直すよ」

電話をもらったというのは、なかなか役に立つ言葉だ。相手との親密さを感じさせるからだ。

案の定、若者の態度が軟化した。

「そういえば、アキラさん、あんたのことを、気に入っているようだったからな。警察官《ヒネ》らしくねえって……」

「それ、ちっとも褒《ほ》めてないからね。それで、どうなの？　アキラさんはいるの？　いないの？」

「いるよ。ついてきな」

若者は、事務所に向かって歩き出した。

「いや、いるかいないか、それだけわかればいいんだよ」

「何言ってんだよ。会いに来たんだろう？」

若者がインターホンで、ドアを開けるように言った。解錠する音が聞こえ、若者がドアを開ける。

ついて行くしかないか……。アキラの所在確認をしろと言われているしな……。

甘糟が事務所内に足を踏み入れると、アキラが声をかけてきた。

「よう。話す気になったか？」

甘糟は聞き返した。

「何のこと？」

「例の車の持ち主だ」

「だから、俺は持ち主なんて知らないんだってば……」

「調べれば、すぐにわかるだろう？　なんせ、あんたは捜査本部にいるんだ」

「なんで、俺があんたのために、そんなことを調べなきゃならないんだよ」

「情報をくれて恩を売れば、この先、いいことあるかもしれないぜ」

「クビになるって、言ってるだろう」

「だから、クビになったら、うちの関係で雇ってやるよ」

「俺ね、警察官が気に入ってるの。公務員だから安定してるしね」

「教える気がないんなら、何しに来たんだよ」

甘糟は、一瞬こたえに困った。まさか、事務所にいるかどうかを確認しに来たとは言えない。

「俺から聞き出さなくても、車の持ち主は調べられるって言ってただろう？　どうやって調べるのか訊きたいと思ってさ」

アキラが、疑わしげな眼で甘糟を見ていた。マルBは、用心深い。一瞬、こたえに迷ったのを見逃さなかったに違いない。

なんとか、彼を納得させなければならないと、甘糟は思った。

マルBと会話をしていると、いつも心理戦を強いられる。

「そんなこと、教えられるわけねえだろう」

「じゃあ、お互いの言い分はいっしょってことだよね」

「いっしょじゃねえんだよ。俺たちは、面子がかかってるんだ」

「ゲンを監禁してボコったやつらを見つけなけりゃならないってことだね？」

「警察《ヒネ》には、口出しさせねえぞ」

「あのね、リンチや復讐《ふくしゅう》のための殺人なんて許されないの。どんな理由があろうと、そんなことをしたら、傷害罪や殺人罪に問われるからね」

「それでも、やらなきゃならないときがあるんだよ。それが、極道ってもんなんだ」

「車の持ち主がわかれば、そいつを締め上げるんだろう？」

「話を聞く必要があると、俺は思っている」

「話を聞く？　ただ話を聞くわけじゃないだろう」

「俺たちのやり方で話を聞く」

「あのね、警察がそういうことを許すと思う？」

「許すも許さねえもねえよ。俺たちは、必要なことをやる」

「あのさ、変だと思わない？」

「変……？　何がだ？」

「あんたが、誰かを監禁していたとしたら、わざわざ外に連れだして痛めつけたりする？」

「ああ……？」

アキラの眼が、怪しく光った。「言ってることがよくわからねえな……」

「だからさ、せっかく身柄を押さえているんだよ。それなのに、わざわざ車に乗せて、人目につくかもしれない場所に連れ出して、そこで鈍器で殴るなんてさ……」

「あんた、デリカシーがねえな」

アキラの口から、デリカシーなどという言葉を聞くとは思わなかった。

「デリカシーだって？」

「俺はな、かわいがっていたゲンを殺されて傷ついているんだ。少しは気をつかったらどうだ？」

「気をつかうより、やらなきゃならないことがある」

「何だよ?」

「あんたが間違ったことをやらかさないようにすることだよ」

「間違ったことだって?」

「考えてみてよ。犯人たちのやり方は、どこか不自然な気がする」

アキラは、じっと甘糟を見据えていた。考えているのだろう。アキラは、ばかではない。甘糟が言いたいことを、ちゃんと理解しているはずだ。

「警察《ヒネ》は、信用できねえ。俺を煙に巻こうったって無駄だ。俺は、車の持ち主を洗い出して、話を聞く」

「警察官に、そういうこと言っていいの?」

「あんたが、目をつむってくれればいいことだ」

「ばか言わないでよ。俺にだって立場ってものがあるんだ。聞いたことは、全部上に報告するよ」

「あんた、本当はここに何しに来たんだ?」

「わかんないの? 俺、情報を洩らしているつもりだけど……」

「何だと?」

アキラが用心深い表情になった。本気で考えはじめたということだ。

「捜査本部にはね、いかにも半グレの仕業に見えることを疑問視している者もいるってことだ。車の持ち主なんて、ナンバーがわかっていれば、簡単にわかるもんなんだ。それが、今回は、判明したのが、事件が起きてから二日目のことだ。これ、どう思う？」

「警察官《ヒネ》がさぼっていたんじゃねえのか？」

「それ、本気で言ってるの？　捜査本部だよ。さぼるやつなんていないよ」

「じゃあ、陸運局のやつがドジで手間取ったんだろう」

「地方運輸局」

「何だって？」

「今は、陸運局とは言わずに、地方運輸局や運輸支局って言うんだよ」

「そんなことはどうでもいい。要するに、どこかで手間取ったってだけのことじゃねえのか？」

「そんなことはあり得ないんだ。いい？　交通課のパトカーや白バイから、無線や端末で問い合わせたら、その場でこたえが返ってくる類の情報なんだよ」

　アキラは押し黙った。

　甘糟は、続けて言った。

「所有者が判明したのが、事件から二日目ってところが、微妙だと思うわけさ」

「何が言いてえ？」

「誰かが細工をした可能性もあるって意見もある」

「細工だと……？」

「いかにも、半グレっていう手口、そして、半グレたちが使いそうな車が防犯カメラに映っていた……。これが逆に、怪しいという意見もあるんだ」

「煮え切らねえな。つまり、誰かが半グレの仕業だと思わせようとしているってことか？」

「だからね、そういう意見もあるって言ってるんだよ。捜査本部で、そう断定しているわけじゃないからね」

「わざわざそれを言うために、俺に会いに来たってのか？」

「必要な情報だと思ったんだよ。見当違いなやつを監禁して、口を割らせようなんてことをしたら、あんた、逮捕監禁の罪と、傷害や脅迫の罪に問われるよ。そんなことになったら、ゲンの仇《あだ》討ちどころじゃなくなる」

　アキラは、またしばらく考え込んでいた。やがて、彼は言った。

「なるほど、考えてみる必要があるかもしれねえな……」

　甘糟は、ほっとした。

　これで、事務所に来た理由をごまかすことができたし、アキラが先走って車の所有者と接触するのを、当面は防げたかもしれない。

「ところで……」

アキラが言った。「あんた、午前中に足立社中の事務所を訪ねたな？　何しに行ったんだ？」

甘糟は、驚いて言った。

「俺を尾行していたの？」

アキラは、ふんと鼻で笑った。

「あんたに尾行をつけてもしょうがないよ。そういうことは、情報が回るのが早いんだよ」

まったく、ヤクザは油断も隙もない。

「別に用があったわけじゃないよ。たまに顔を出しとかないとね」

「午前中からか？」

「午前だろうが、午後だろうが、夜中だろうが、訪ねたいときに訪ねるよ」

「紀谷と面輪に会ったか？」

どうこたえようか迷った。だが、どうせアキラはこたえを知っているのだ。隠さずに言うことにした。

「会ったよ」

「どんな様子だった？」

「別に……。普通だったよ」

「ふうん……。普通ね……」

「そうだよ」

「何か、話をしたか？」

「いや、挨拶をしただけだよ」

「本当か？」

「嘘ついてどうすんのさ」

「まあいい」

「じゃあ、俺はそろそろ行くよ。油売ってるなんて言われたくないからね」

「待てよ」

ヤクザに呼び止められると、いつもどきりとする。

「何だい？」

「俺のこと、気に懸けてくれて、情報を洩らしに来てくれたんだな。礼を言っておくよ」

甘糟は曖昧にうなずき、事務所を後にした。

ちょっとだけ良心が痛んだ。信頼されたり、感謝されたりすることが、つらくなることがある。だが、それも警察官の仕事だ。

黒スーツの若者が、じっと甘糟を見ていた。甘糟は、眼を合わせないようにしてその場を通り過ぎた。

角を曲がり、いったん事務所からの死角に入ってから、そっと捜査車両に戻った。

「どうだった？」

まず質問したのは、郡原だった。それに抗議するように、梶が咳払《せきばら》いをする。

甘糟はこたえた。

「アキラは、事務所にいました」

「ずいぶん長いこと事務所にいたじゃないか」

「顔だけ出して、すぐに引きあげてくることなんてできませんよ。アキラは用心深いですからね」

「何を話した？」

「まず、車の持ち主を訊かれました。もちろん、こたえませんでしたよ。……つうか、俺、所有者のこと、聞いてませんしね」

「それから……？」

「アキラの動きを牽制《けんせい》できたかもしれません」

「どういうことだ？」

甘糟は、半グレの仕業に見せかけようとしている連中がいるかもしれないという話を、アキラに伝えたことを報告した。

「なるほど……。そいつは、悪くない判断だったな」

珍しく郡原が褒めてくれた。なんだか不気味だった。

おそらく、梶に対抗するために、マル暴同士の結束を固めようとしているのだろう。甘糟は、そう思った。

梶が驚いたように言った。

「そんな未確認情報を流して、どうするつもりだ?」

郡原が言った。

「俺は、かなり信憑性《しんぴょうせい》があると思っているんだけどな……」

「捜査本部の方針は、あくまで半グレ集団を洗い出して検挙することだ」

「だけどさ、アキラは迷いはじめるはずだ。そうすると、取りあえず多嘉原連合が、ばかなことをしでかすのを止めることができる」

「いずれ、ばれるだろう」

「いや、こっちが真相かもしれない」

「今はまだ、何とも言えんよ」

甘糟は、さらに言った。

「アキラは、自分が午前中に足立社中の事務所に行ったことを知っていました」

郡原が舌打ちした。

「あいつら、対立勢力でもツーカーだからな……」

梶が尋ねた。

「それは、どういうことだ？」

「普通だと、敵対組織同士なんだから、連絡なんて取り合わないと思うだろう？ ところがマルBは、そうじゃねえ。特に幹部連中は、けっこうマメに連絡を取り合っている。一度揉めて手打ちをした組同士なら、なおさらその連絡は密になる。お互いにそうしないと不安になるからだ」

「では、足立社中からの情報だということかね？」

「そうだと思う。互いに連絡を取り合うには、費用や人員を節約する目的もある。お互いに監視しあっていたら、それに割く人手と費用もばかにならない」

「なるほど……」

甘糟はさらに言った。

「アキラは、午前中に紀谷や面輪が事務所に来たことを知っていました」

「ほう……」

郡原がうなるように言うと、梶が尋ねた。

「それも、足立社中からの情報かね？」

「どうかな……」

郡原がこたえる。「幹部の動向は、かなり機密性が高い。敵対勢力に伝える情報じゃねえ」

「じゃあ、私らが事務所に行ったのを知ったのとは、別ルートの情報ということか？」

「別に不思議じゃねえよ。マルBは、いわば情報産業だ。いろいろな情報源を持っている」

甘糟は言った。

「アキラは、自分たちが捜査本部に参加したことも知っていましたよ」

郡原が言う。

「もしかしたら、カイシャの中に内通者がいるかもしれないな……」

甘糟は驚いた。

「まさか、署内にですか……？　あ、自分じゃないですからね」

「おまえのことなんて、疑ってねえよ。S《エス》にされるのは、金に困っているやつとか、何か弱みを持っているやつだ」

Sはスパイの頭文字だ。

「いや……、自分もかなり金には困っていますけど……」

「そういうレベルの話じゃねえ。借金まみれで、追い込みかけられてるとか、博打《ばくち》にはまってえらいことになっているやつとか……」

梶が言う。

「おたくの署には、そんな人物がいるのかね？」

「例えば、の話ですよ。あとは、体育会の柔道部なんかの先輩後輩の関係とか……」

「ああ……」

梶が溜め息まじりに言う。「昔は、けっこうそういう話があった……。柔道部で先輩だったのが、ヤクザになり、現職の警察官がつい便宜を図ったとか……」

「警察官も人間ですからね。なかなか過去をすっぱりと切り捨てられるもんじゃない」

「いずれにしろ、警察内に内通者がいるというのは問題だ。そいつを洗い出す必要があるんじゃないか？」

郡原は考え込んだ。

「そういうのは手間がかかりますよ」

「手間がかかろうが、何だろうが、やらなけりゃならんだろう」

郡原は、何もこたえない。

何を考えているのだろう。甘糟は訝《いぶか》った。

郡原は、話を戻した。

「アキラは、紀谷や面輪が事務所にやってきた理由を知っている様子だったか？」

甘糟はこたえた。

「知らないようでしたね。こちらから聞き出そうとしていました」

「ふうん……」

郡原は、また思案顔になった。

そのとき、運転席の遠藤が言った。

「誰か出て来ます」

甘糟は、事務所のほうを見た。そして言った。

「アキラです。出かけるようですね」

梶が言った。

「追尾するぞ」

郡原が言う。

「遠藤は、捜査本部じゃ俺の相棒だ。俺が指示する。追尾しろ。まかれるな」

まったく、この人たちは……。

甘糟が、溜め息をついたとき、遠藤が車を発進させた。

11

「昭和《しょうわ》通りに出たな……」

助手席の郡原がつぶやく。

誰もそれにこたえない。郡原も返答を期待したわけではなさそうだった。自分自身で確認するための独り言だったのだろう。

甘糟は、時刻を確認した。午後一時五十分だった。

アキラを乗せた黒塗りの車は、昭和通りを南下した。

甘糟は、郡原の後ろ姿に向かって言った。

「縄張りを出ましたね……」

郡原はフロントガラスのほうを見つめながら、こたえた。

「まあ、マルBが縄張りの中だけでおとなしくしているとは限らないからな」

上野《うえの》を越え、さらに南下する。

岩本町《いわもとちょう》を右折し、靖国《やすくに》通りに入る。その後、左折して、細い路地を進んだ。

運転している遠藤が言った。

「このあたりはやっかいですね。道が細いので、尾行がばれる恐れがあります」

郡原がこたえた。

「ばれたってかまわねえよ。もう、ばれているかもしれん。監視しているぞ、というプレッシャーをかければいいんだ」

梶が驚いた様子で言う。

「それじゃ、動向がつかめないじゃないか」

「尾行に勘づかれなければ、やつらの動きをつかめる。尾行がばれていたら、その動きを封じることになる。両面作戦だよ」

遠藤が言った。

「車が停まります」

郡原が命じた。

「あまり近づくな。適当に距離を置いて駐《と》めるんだ」

「了解しました」

遠藤は、アキラたちの車と百メートルくらいの距離を置いて路上駐車した。

郡原が言った。

「おい、甘糟。見覚えのあるビルじゃねえか」

「あ、宇良沢《うらさわ》エンタープライズ……」

梶が尋ねた。

「何だ、それは」

郡原は何も言わない。説明するのが面倒だという態度だ。仕方がないので、甘糟が説明した。

「宇良沢エンタープライズの社長、宇良沢剛毅《ごうき》は、多嘉原連合の理事の一人です。多嘉原由紀夫組長と、六分四分の盃を交わした弟分で、アキラにはオジキに当たります」

「そのオジキのところに、何の用なんだろうね」

「さあ、それはわかりませんが、おそらく多嘉原組長の使いじゃないかと思います」

「どうしてそう思う?」

「組同士の大切な用事ならば、代貸クラスがやってくるでしょう」

郡原が言った。

「事件とは関係ないな。こりゃ空振りだ」

梶が郡原に尋ねた。

「なぜだ? どうして事件と関係ないとわかるんだ?」

郡原は、気乗りのしない口調でこたえた。

「アキラは、オジキの組に何かの用でやってきた。仕事の話かもしれないし、義理事の相談かもしれない。物を届けるように言われただけということもある。いずれにしろ、たいしたことじゃない」

「足立社中では、午前中から若頭と若頭補佐が動いていたんだろう？　それに対抗するための相談じゃないのか？」

郡原は、その話を笑い飛ばすのではないかと、甘糟は思った。だが、そうではなかった。

郡原は、考え込んで言った。

「そういう込み入った話なら、時間がかかるだろうし、もっと大物が動きはじめるはずだ」

「時間……？　どれくらい？」

「最低でも一時間。そして、幹部級の組員が呼びつけられるはずだ。しばらく様子を見るとするか……」

甘糟は言った。

「もし、そういう動きがあるとしたら……」

郡原がうなずいて言う。

「ちょっときな臭くなってくるな……」

梶が尋ねた。

「きな臭くなるって、具体的には何が起きるというんだ？」

郡原がその質問にこたえた。

「多嘉原連合と、足立社中の間で、小競り合いが始まる。それがだんだんエスカレートしていって、行き着く先は抗争だ」

「抗争だって？」

「ま、その可能性もあるというだけの話だ」

「あ、出て来ましたよ」

遠藤が言った。

甘糟は、宇良沢エンタープライズが入っている雑居ビルのほうを見た。アキラが車に戻るところだった。

「所要時間、十五分」

郡原が言った。「こりゃ、届け物だな」

梶が郡原に言う。

「つまり、抗争などという物騒な話ではないということだね？」

「そう思う」

郡原がそうこたえたが、甘糟は、どうも落ち着かない気分だった。

「あの……。もしかしたら、多嘉原組長の手紙か何かを渡しに来たんじゃないでしようか」

郡原が体をひねって後ろを向いた。

「手紙……？」

「檄文《げきぶん》です」

檄は、古代中国で戦争の際に同志を募るために送られた木の札に書かれた文書のことだ。役所の通達を知らしめるためにも使われたという。

転じて、抗争などの際に、兵力を都合してもらうために送る手紙を言う。

郡原は、正面に向き直ってしばらく無言でいた。

甘糟は、郡原の機嫌《きげん》を損ねたのかと思い、あわてて言った。

「あ、いや、思いつきで言っただけです。すいません」

郡原が前を見たまま言った。

「檄文だとしたら、宇良沢エンタープライズの動きから眼を離せなくなるな……」

「万世橋《まんせいばし》署と連絡を取りますか？」

「まず係長に話を通しておかないとな。下っ端同士で、話をつけても仕方がない。係長か課長に連絡を取り合ってもらおう」

そのとき、遠藤が言った。

「車が出ます。追尾しますか？」

即座に梶が言う。

「追尾しろ」

郡原がうんざりしたような口調で言った。

「だから、遠藤には俺が指示するんだよ。遠藤、尾《つ》けろ」

やれやれ、まったく面倒なことだ。

甘糟は、心の中でつぶやいていた。


アキラが乗った車は、そのまま何事もなく事務所に戻った。

その間に、郡原が係長に電話をして、事情を説明した。電話を切ると、郡原は車内のみんなに告げた。

「うちの係長が、万世橋署のマル暴の係長に連絡してくれるということだ。宇良沢エンタープライズの様子を探ってくれるはずだ」

遠藤は、先ほどと同じ場所に車を駐めた。

梶が郡原に言った。

「これからどうするね？　このまま監視を続けるのか？」

郡原がこたえる。

「それが刑事の仕事だよ」

甘糟は言った。

「あの……、足立社中のほうも気になるんですけど……」

「そうだな……」

郡原がうなずいた。「そっちは、おまえに任せる」

「ええと……。車は使わせてもらえないですよね……」

「車は一台しかない」

「そうですね」

徒歩で足立社中の事務所に向かうしかない。そう思ったとき、梶が郡原に言った。

「この車は、私が都合したものなんだがね……」

「だが今は、俺が使っている」

「私たちに車を渡して、そっちが降りるべきじゃないのかね？」

郡原が振り向いて梶を見た。

「足立社中を見張りたいと言い出したのは甘糟だ。だから、甘糟が車を降りる。あんたが、甘糟といっしょに行くというのなら、あんたも車を降りる。それが筋じゃねえか？」

「私が都合した車を、私が使えないというのは、おかしな話だろう」

二人は、しばらく睨み合っていた。

甘糟も遠藤も口を出すことができない。

遠藤は、我関せずという態度で多嘉原連合事務所のほうを見つめている。

自分だけなら、徒歩でもかまわない。だが、梶が車を使いたいと言っているのだから、安易に「徒歩で行く」とも言えない。

ああ、面倒くさいなあ。

甘糟は思った。

「あのお……。ナンなら、足立社中のほうは、自分一人でもだいじょうぶですが……」

梶が言った。

「そうはいかん。二人一組で行動するのが原則だ」

「いや、ここで原則を持ち出さなくても……」

「原則は原則だ。いいかね、二人一組というシステムは伊達《だて》ではないのだ。一人に万が一何かあったら、もう一人がそれを救出したり、援助したりするんだ。一人はバックアップなんだよ」

ここは郡原に付くのが正解だと、甘糟は思って、言った。

「じゃあ、歩いて行きましょう」

梶との付き合いは、おそらくこの捜査本部が解散するまでだが、郡原との関係はその後もずっと続くのだ。

梶が言った。

「車が必要なら、自分で都合すればいいんだ」

郡原はおそらく、車をどちらが使うかなど、それほどこだわってはいないはずだ。

ただ、意地になっているのだ。梶も同様だ。

梶は、郡原の態度が許せないのだろう。

「あの……」

甘糟は言った。「自分は、徒歩で行きます。郡原さんと梶さんと、どちらが車を使うかは、二人で決めてください」

甘糟は、車を降りようとした。

すると、郡原が言った。

「待てよ」

「はい……」

郡原は、しばらく何事か考えている様子だった。やがて、彼は言った。

「車、持ってけ」

「え、いいんですか?」

「今日は暑くもなく、寒くもなく、天気もいい。俺たちは、事務所の向かい側にあるマンションの玄関に陣取って監視することにするよ」

「いや、でも……」

「いいから、おまえが運転しろ」

郡原は車を降りた。遠藤が、「仕方がない」という態度でそれに続いた。

彼らは、郡原が言ったマンションの玄関に向かって歩いた。硝子《ガラス》ドアなので、内側から事務所の出入り口の様子を見ることができそうだ。

梶がいったん車を降りて助手席に座った。甘糟は運転席に移動した。

今後は、なるべく、郡原と梶を別行動にさせたほうがいいな……。

そんなことを思いながら、車を出した。


足立社中の事務所兼組長宅の立派な門構えを車中から眺めながら、甘糟は考えていた。

郡原は、どうして甘糟と梶に車を譲ったのだろう。

強情な男だ。梶には意地でも車を使わせたくないと考えているはずだ。もしかしたら、俺が試されたのだろうか。甘糟は、そんなことも考えてみた。

車を持っていけと言われたとき、「いえ、けっこうです」とはっきり言うべきだったのではないだろうか。

甘糟がどういう態度に出るか、試したのかもしれない……。

いや、そうではないと、甘糟は考え直した。

あのとき、郡原は有無を言わせない態度で、さっさと車を降りてしまった。

何か考えがあって、梶に車を使わせることにしたのだろうか。

そう考えると、なんだか恐ろしかった。後で何を言われるかわからない。

ヤクザも恐ろしいが、郡原も恐ろしい。彼とは長い付き合いだが、いまだに気心が知れているという感じがしない。要するに、甘糟は、郡原に対していつもびくびくしているのだ。

「あまり人の出入りがないねえ……」

助手席の梶が言った。

「まだ三時過ぎですからね。夕方くらいに、誰かが出かけたり、客が来たりすることが多いんですよ」

「どうしてだ？」

「打ち合わせをしてから夕食でうまいものを食べて、それからクラブなんかに飲みに行くわけです」

「なるほど……」

「バブルの頃は、マルBも羽振りがよくって、しょっちゅうクラブなんかに飲みに出かけていたらしいですが、最近ではあまり高い店には行かないようですね。それでも、飲みには行きます。連中は、遊ばずにはいられないんです」

「なぜだね？」

「マルBは、いつも緊張を強いられていますからね。上下関係は厳しいし、義理事も欠かすわけにはいきません。さらに、シマ内の揉め事や敵対組織とのドンパチが、いつ始まるかわからないですからね」

「いつも緊張を強いられている、か……。なんだか、私ら警察官と似ているな……」

「マルBは、たいていこんなことを言います。俺たちは、人様のために体を張っている。いつでも命を投げ出す覚悟ができている……。まあ、格好つけているだけでしょうけどね」

「なるほど、人様のために体を張っている、か……。やはり警察官に似ているじゃないか」

「暴力団は反社会的な集団ですよ。それを忘れちゃだめですよ」

「わかってるさ。ただね、立場が違えど、心意気は同じじゃってこと、あるじゃないか」

人がいいんだなあ。

甘糟は、そんなことを思っていた。

マルBや、その予備軍と関わっていると、どうしても疑い深くなる。彼らが驚くほどずる賢いからだ。

任侠だ、男気だと、口では言うが、彼らが考えていることは、金と享楽だ。そのためなら、どんなことでもする。

暴力をちらつかせて、素人から金を巻き上げるのだ。金が絡んだときのマルBの頭の使い方は半端ではない。へたな弁護士や行政書士では太刀打《たちう》ちできないくらいのことをやってのける。

時には人を殺すこともある。それが、普通のビジネスマンにはない強みだ。邪魔なやつは簡単に排除できるのだ。

暴力団には、そのためのシステムがある。任侠を標榜《ひょうぼう》する幹部たちは手を汚さない。彼らは、きれい事を言っていればいい。

その陰で、下の人間たちが暗躍する。逆らうやつを痛めつけ、時には殺す。そういう仕事をするのが同じ組織の人間とは限らない。下部組織の場合もあれば、半ゲソと呼ばれる準構成員の場合もある。

甘糟は、そういうことをいやというほど知っている。知りたくなくても、知ってしまうのだ。マル暴刑事なのだから仕方がない。

梶は、けっこうな年齢だ。おそらく四十代の後半。もしかしたら五十歳くらいかもしれない。

これまで、警察官としていろいろな経験を積んできたはずだ。そして、警視庁の強行犯担当刑事のトップである捜査一課の一員なのだ。

それなのに、あまり現場のことを知らないように見える。それが不思議だった。甘糟は、捜査一課に異動になるということは、刑事としての実績があったはずだ。甘糟は、余計なこととは知りながら、つい質問したくなった。

「梶さんは、捜査一課に行く前は、どんな部署にいらしたんですか?」

「警視庁本部の刑事部だよ」

刑事部といっても、広うござんすが……。甘糟はそんなツッコミを入れたくなった。捜査一課も刑事部だ。

「刑事部のどこです?」

「刑事総務課だよ」

甘糟は、あっと思った。

刑事部には間違いない。だが、梶は現場の捜査ではなく、主に捜査の管理を担当していたのだ。

警察では、管理部門は出世コースだ。……というより、順調に昇任試験を受けて、出世が早い者が総務部や警務部といった管理部門に配属される傾向があるのだ。

そういう人たちが、所轄の刑事課の課長や係長として配属されることも珍しくはない。つまり、捜査員としての経験がない者が刑事課長になったりするのだ。

甘糟は、それが悪いことだとは思っていない。捜査能力と管理能力を併せ持っている人はそれほど多くはない。要するに、役割分担だ。管理能力が高い課長の下だと、安心して捜査ができる。

郡原のように、捜査員としては一流だが、管理者としてはどうかと思う人物から、めちゃくちゃな命令をされるよりずっとましだ。

「刑事総務課では、どんなお仕事を……？」

「刑事企画だよ」

もろ管理部門だ。

なるほど、梶が現場のことにあまり詳しくない様子なのは、それで納得がいった。

ひょっとしたら、郡原はそれを肌で感じているから、何かと突っかかるのかもしれない。

たしかに梶からは、刑事独特の雰囲気をあまり感じない。どちらかというと人事、総務といった管理部門のにおいがする。

梶が正面を見つめたまま言った。

「郡原君は、私のことを嫌っているようだね？」

こうストレートに尋ねられると、否定することもできない。

「あの人は、現場で役に立つ刑事が好きなんです」

「その気持ちはわからないではない。だが、私だって捜査一課でちゃんと仕事をしてきたんだ」

いや、そんなことを俺に言われても……。

甘糟が、そう思ったとき、サイドウインドウをこんこんと叩く音がした。

12

どこかで見たような若者が、車の中を覗き込んでいる。

チャパツで軽薄そうだが、眼の奥が油断なく光っている。

向こうは甘糟のことを知っているようだ。にたにたと笑いを浮かべている。

誰だろう。もしかしたら、足立社中の若い衆かもしれない。

甘糟は、そんなことを思いながら、ウインドウを開けた。

「どうも……」

若者は、にやつきながらぺこりと頭を下げた。

甘糟は言った。

「えーと、どこかで会ったことあったっけ?」

「『ジュリア』でお会いしました」

「あ、『ジュリア』の黒服……。背広着てないと、全然イメージが違うからわからなかった」

若者は、パーカーにカーゴパンツという、ちょっとグレた連中に見られるような服装だ。

そうか、こいつ、アキラがかわいがっているやつだったな……。

そこまで考えて、甘糟は慌てた。

ちょっと待て。……ということは、多嘉原連合の息がかかっているということじゃないか。そんなやつが、足立社中の本家の近くをうろうろしていていいのか……。

「あんたね、あそこのお屋敷、誰の家だか知ってんの？」

「あそこのお屋敷？　ああ、破魔田大二郎の家でしょう？」

「……で、破魔田大二郎って、誰だか知ってんだろうね？」

「足立社中の親分でしょう？　もちろん、知ってますよ」

「あのね、じゃあ、俺たちが何をしているかわかっているんだろう」

「張り込みでしょう？」

「だったら、声をかけたりしないでよ。だいたい、あんた、なんでこんなところにいるんだよ」

「この近くのアパートに住んでるんですよ」

「たまげたな。あんたは、多嘉原連合なんだろう？　それなのに足立社中の本家のそばに住んでるって言うわけ？」

「いやあ、たまたま安いアパートが空いてましてね……」

「まあ、暴力団の事務所のそばだから、アパートも安いだろうね。でも、危ないじゃないか。敵の本拠地のすぐそばだよ」

「いやあ、自分、まだ多嘉原連合に、ちゃんとゲソづけしているわけじゃないですし……」

「足立社中の連中に、そんな言い訳は通用しないよ」

「今、引っ越し先を探してるんですよ。もっと『ジュリア』に近いほうが便利ですしね」

「アキラにかわいがられているんだろう？　アキラは顔が広い。あいつに部屋を探してもらえばいい」

「アキラさんには、いろいろと世話になってます。『ジュリア』で働けるように段取りしてくれたのも、アキラさんです。部屋を探してもらうなんて、バチが当たりますよ」

「とにかくさ、あんたと話をしているところを、足立社中の連中に見られたくないんだよ。用がないなら、あっち行ってくれないかな……」

「用があるから、声をかけたんですよ」

「どんな用なの？」

「先日は、刑事さんに失礼な態度を取っちまったんで、お詫《わ》びがしたいんですよ」

「そんなの、いいよ」

「いえ、アキラさんの面子もありますんで、きっちりさせてください」

「だから、俺、気にしてないから……」

「そういう問題じゃないんです。一度、接待させてください」

「とんでもない」

甘糟は目を丸くした。「接待なんて受けたら、俺、本当にクビになるからね」

甘糟は、梶の視線を意識していた。彼は、管理部門にいたので、不正などには厳しいはずだ。

「そんな、誰でもやってることじゃないですか」

「なんか勘違いしてるんじゃないのか？　まともな刑事なら、誰もそんなことしちゃいないんだよ」

「そうですか……。でも、それじゃ自分の気が済みませんので、一度お店のほうにいらしてください」

「だから、そういうサービスも受けられないんだよ」

「規定の料金をいただければいいんでしょう？　内容でサービスさせていただきますよ」

「内容でサービス？」

「指名ナンバーワンの子や、お好みの子を優先的にお席につけさせていただきます」

　一瞬、心が動きそうになった自分が情けなかった。

「とにかく、俺は『ジュリア』に行ったりしないから……。いいから、車から離れてよ」

　いつ足立社中の連中が事務所から出てくるかと、気が気ではなかった。

「わかりました。いちおう名刺を置いていきますんで、気が変わりましたら、いつでもご連絡ください」

「普段着で近所歩くときも、名刺を持ち歩いてるの？」

「アキラさんの教育ですよ。水商売は気配りが大切だからって……」

「ふうん」

　甘糟は名刺を受け取った。

　若者が駒田譲《こまだゆずる》という名だということを、初めて知った。

「じゃあ、お待ちしていますよ」

　駒田譲がようやく車から離れていった。

　甘糟は、名刺を胸ポケットにしまい、梶に言った。

「あ、接待なんて、絶対に受けませんからね」

「そうなのか？」

「そうですよ」

「私は、行ってみてもいいんじゃないかと思うが……」

この言葉を真に受けるわけにはいかない。所轄の刑事が、こういう場合にどういう対処をするか、試しているのかもしれない。

「そんなことをしたら処分を食らっちゃいますよ」

甘んじて処分を受ける警察官は、あまりいない。懲戒処分を受けるとわかった段階で、警察を辞めるのだ。

処分とクビは、ほぼ同義語だ。

「そんなに杓子定規《しゃくしじょうぎ》に考えることはない。私だって、現場がどういうものか、ある程度は知っているつもりだ」

「いや、自分は、杓子定規なくらいでいいと思っていますから……」

「どうしてあの男が、君に声をかけてきたか、気にならないか?」

「え……?」

「いくら脳天気なやつだって、刑事が張り込みをやっているところに声をかけようなんて思わないだろう。しかも、ここは敵対組織の事務所のすぐ近くだ」

たしかに甘糟は、どうしてこんなところに駒田譲がいるのだろうと驚いた。梶が言うとおり、張り込み中の刑事に声をかけるなど、不自然かもしれない。

近所に住んでいるというのは、嘘か本当かはわからない。だが、たまたま甘糟を見かけたからといって、半ゲソが刑事に声をかけてくるなどというのは、たしかに妙だ。

「どうして声をかけてきたんでしょうね」

「私は、マルBの専門じゃないので、確かなことは言えない。だが、君に何か話があるんじゃないかと思うが……」

「何か話がある……？　情報提供をしたがっているということでしょうか……」

「そういうこともあり得るとしか、私には言えないな」

甘糟は考え込んだ。

もしかしたら、アキラの差し金だろうか。「自分を接待して、懐柔するか弱みを握るかして、情報を聞き出せ。アキラが駒田に、そう指示したのかもしれませんね」

「どうだろうね。アキラにとっては、こちらの捜査情報というのは、きわめて重要なんじゃないのか？」

「重要だと思います」

「そんなことを、準構成員の男に聞き出せ、などと指示するだろうか」

「それもそうですね。じゃあ、何か情報を持っているということでしょうか？」

「会ってみないとわからないよ。店に行ってみればいいじゃないか。あの男が行ったように、規定の料金を払えば、別に接待にはならないだろう」

甘糟は、再び考え込んだ。

梶はなかなか頭が切れる。それは間違いないようだ。でなければ、捜査一課にはいないか……。

駒田の誘いに乗ってみるのも手かもしれない。甘糟は、そう思いはじめていた。

そのとき、携帯電話が振動した。郡原からだった。

「はい、甘糟です」

「アキラが動くぞ」

「え……。動くって……」

「車で出かける。こっちは車がないので、どうしようもない。このあたりじゃタクシーも拾えないしな」

「あ、いや、でも……」

「なんとか、足止めさせておくから、車を持ってこい。追尾するぞ」

「わかりました」

甘糟は、慌てて車を発進させた。

多嘉原連合の事務所と足立社中の事務所は、直線距離で二キロ弱だ。車で向かえば、五分とかからない。

「どうしたんだ？」

梶が驚いた口調で言った。

「アキラが動いたそうです」

「アキラは、郡原君たちに任せたんじゃないのか？」

「アキラは車で移動するようです」

なるほど、こういうことだったのかと、甘糟は思った。

郡原が、甘糟と梶に車を譲るなど、妙だと思っていたのだ。彼は、最初から決めていたのだ。アキラが動きだしたら、こちらを使うと。

そうすれば、後のことは甘糟と梶に任せてしまえる。自分は、楽をできるわけだ。

マルBとのやりとりは、一手先を読まなければならない。郡原との関係もそうなのだ。

梶が言った。

「これじゃ二手に分かれた意味がない」

「郡原さんは、最初からアキラに的を絞っていたんですよ。そして、自分らに下駄《げた》を預けたというわけです」

「なんというやつだ」

多嘉原連合の事務所のそばまでやってくると、アキラが使っている黒塗りの車の脇に、郡原と遠藤が立っているのが見えた。

郡原は、車の脇から窓を覗き込み、何事か話をしている。甘糟の車のほうをちらりと見ると、郡原は身を起こして、アキラの車に向かい、「行け」というふうに手を振った。

甘糟たちが到着するまで、職質でもかけて時間を稼いでいたのだろう。

アキラの車が発進する。郡原は、顎《あご》をしゃくって「尾行しろ」と合図した。甘糟は、その指示に従うしかなかった。

郡原たちが車に乗り込むのを待っていたら、アキラの車を見失う恐れがある。いや、それ以前に、郡原は、こちらと合流する気がなさそうだった。

梶が言った。

「こっちはいいように使われたということか……」

「まあ、そういうことになりますね」

「いつもこうなのかね？」

甘糟は、アキラの車に集中しながら聞き返した。

「いつもこう、と言いますと？」

「郡原君だよ。いつもこうやって、君をこきつかって、自分は楽をするのかね？」

こたえにくい質問だと、甘糟は思った。

肯定すれば、郡原を非難したことになる。だが、否定はしきれない。

「別に郡原さんが楽をしているとは思いませんよ。自分らにアキラを追尾させて、自分はきっともっと重要なことをやっているはずです」

「もっと重要なことって、何だ？」

思いつかなかった。

「自分にはできないような、面倒なことです」

「具体的に教えてくれないか」

「組の偉いさんと話をするとか……」

「君だって、それくらい、やろうと思えばできるだろう」

「貫禄が違いますからね。マルBの世界は、貫禄がものを言うんです」

「貫禄ねえ……」

アキラの車は、環七《かんなな》を右折して、加平《かへい》インターチェンジに向かった。

甘糟が言った。

「高速に入るようですね」

「また、縄張りの外に出るということだね」

「そういうことになりますね」

アキラの車は、都心に向かい、首都高都心環状線に入った。道はそこそこ混み合っている。

運転手は、おそらく暴走族上がりだろうが、実におとなしい運転だった。車線変更も最小限だし、車の流れに乗っている。

「すぐ後ろにつくと、尾行がばれるぞ。間に何台か挟むんだ」

それくらい、甘糟も心得ている。だが、ここは素直に返事をしたほうがいいと思った。

「了解です」

アキラの黒いセダンは、霞《かすみ》が関《せき》出口で高速を下りた。

「六本木《ろっぽんぎ》通りに向かうようですね」

甘糟が言うと、梶がこたえた。

「まさか、この時間から六本木に繰り出すわけじゃないだろうな」

カーナビで時間を確認した。午後四時十五分だった。

アキラの車は、六本木の交差点を真《ま》っ直《す》ぐ通過する。甘糟は言った。

「どうやら、六本木じゃないようですね」

梶がつぶやくように言った。

「そうか……」

「何です？」

「西麻布《にしあざぶ》かもしれん」

「西麻布？」

言われて、甘糟はなるほどと思った。

西麻布には、半グレたちがやってくる隠れ家のようなバーやクラブがたくさんある。そういう店には芸能人や有名スポーツ選手もお忍びでやってくるらしい。

「車を降りるぞ」

梶が言った。

黒いセダンが六本木通りで停車し、アキラが降りるところだった。アキラを降ろした車は、そのまま走り去る。おそらく、運転手がコイン駐車場か何かを探して車を入れるのだろう。

「降ろしてくれ。尾行する」

梶が言った。迷っている暇はなかった。甘糟は、すぐに車を縁石に寄せて停めた。

梶が助手席から降りて、歩道に出る。そのまま、アキラがいる方向に進んだ。

甘糟は、車を駐めておける場所を探した。路上駐車して、所轄の交通課に切符を切られるのもばかばかしい。

最近の交通課は、同業者にも情け容赦ないのだ。

かといって、「捜査中」などという札を出しておくわけにもいかない。甘糟は裏道に入ったところにあるコインパーキングを見つけて駐車した。

車を降りると、六本木通りに戻り、梶を探した。姿は見えなかった。

梶は、アキラを尾行して、渋谷《しぶや》方向に進んだはずだ。甘糟もそちらに向かって進むことにした。

携帯電話が振動した。梶からだった。

「はい、甘糟です」

「アキラは、六本木通り沿いにあるビルに入った。マンションのように見えるが、いくつか飲食店が入っているようだ。看板は出ていない」

梶は、そのビルの名前と住所を言った。

「すぐに向かいます」

甘糟は駆け足で向かった。ほどなく、ビルの前に立っている梶が見えてきた。

「梶さん」

小声で呼びかけると、梶が振り返った。

「このビルに入っている店は、一見さんお断りの会員制のバーやクラブのようだ」

「どうしてそんなことがわかるんです？」

「いろいろと揉め事が絶えない場所でな……。捜査一課にも、そういう情報は入っている。君らは専門家なのに、知らないのか?」

「足立区なんかにいると、こっちのことは疎くなるんですよ」

「おい、ここで何している」

突然、声をかけられて、甘糟はびっくりした。

振り向くと、一目で同業者とわかる二人連れが現れた。そのうちの一人が言った。

「あれ、梶さんじゃないですか。どうしたんですか?」

どうやら、二人組は捜査一課の刑事らしい。そういえば、捜査本部で見かけたような気もする。

梶がこたえる。

「事件に関係しているかもしれないマルBを尾行してきたら、ここに来たんだ。君たちこそ、どうしてここに……?」

「管理官から、話を聞いてないんですか? 例の車の持ち主ですよ。今、行方を追っているんです」

「すると、このビルの中の店が、その半グレと関連があるのか?」

「よく立ち寄る店が、このビルにあるということです。とにかく、こんなところで立ち話している場合じゃないんですよ。ちょっと、こっちへ来てください」

つまり、彼らはここを張り込んでいたということだ。……ということは、その車の持ち主である半グレは、まだここに姿を見せていないということだ。

甘糟は、二人の捜査員のあとに続いてビルの前から移動しながら、梶にそっと言った。

「アキラは、ここを突き止めたということですね」

梶がこたえる。

「まさか、捜査情報が洩れたわけじゃないだろうな……」

「いや、マルBの情報網は、ハンパないですから……」

「……かもしれんが、北綾瀬署内に内通者がいるという話、冗談では済まなくなるかもしれんぞ」

甘糟は、まさかと思いながらも、否定しきれない気持ちになっていた。

13

二人の捜査一課係員たちについて、建物の陰にやってくると、梶が甘糟に言った。

「これからどうする?」

これは、いつも甘糟が郡原にする質問だった。だが、今は郡原がいない。電話してみようかとも思った。だが、郡原に尋ねることを、梶は快く思わないのではないだろうか。

「アキラが何をしているか、様子を見に行く必要があると思いますね」

「ちょっと待て」

張り込んでいた捜査員の一人が、甘糟に言った。「捜査本部からの指示は、監視だ。ここに例の車の持ち主が現れるのを待つんだよ」

「……ということは」

梶が言った。「その人物は、今はこのビルにはいないということなんだね?」

「まだ店は開いていません」

甘糟は言った。

「ええと……。店が開いてなくても、そこに潜伏している可能性はあるんじゃないですか?」

張り込みをしていた二人の捜査員は、顔を見合わせた。梶が彼らに尋ねた。

「その店にいるかどうかの確認はしたのかね?」

「店の前まで行き、インターホンのボタンを押したり、ドアをノックしたりしましたが、返事はありませんでした」

甘糟は思った。

それじゃ、確認したことにはならないじゃないか……。

梶が確認するように、張り込み捜査員たちに、さらに尋ねた。

「その店と、当該人物は、どういう関係なんだ? 知り合いが経営しているのか? それとも、ただの常連なのか?」

「確認していません。自分らは、管理官の指示で、ここを張り込んでいただけですから……」

甘糟は、郡原の言葉を思い出していた。

捜査一課の連中は、兵隊と変わりない。帳場が立つと、個人の思惑など関係なく、ひたすら兵隊として言われたことを調べる。しかし、本来の刑事というのは、独自の情報網を持って、自分自身の頭で考えるものだ。

いつだったか、郡原がそんなことを言っていた。

梶がつぶやくように言った。

「アキラは、何かの目算があって、ここにやってきたんだろうか……」

その言葉で、甘糟はぴんときた。

「あっ、宇良沢エンタープライズ……」

梶が怪訝な顔で尋ねる。

「何だね？」

「午後一で、アキラが神田の宇良沢エンタープライズを訪ねました。もしかしたら、ここに来ることと関係があったかもしれません」

梶が考えながら言う。

「……つまり、ここについての情報を得るために行ったということかね？」

「それだけじゃないと思います。半グレが常連になるような、隠れ家的な飲食店です。裏にマルBがついていても不思議はありません」

「宇良沢エンタープライズが、その店の経営に噛んでいるわけか？」

「経営に関わっているかどうかはわかりません。しかし、その店に関する何らかの情報を持っている可能性は充分にあります。このへんの飲食店の事情に詳しい者がいるとか……」

張り込み捜査員たちが、緊張した面持ちで、甘糟と梶のやり取りを聞いていた。

梶が甘糟に、再び尋ねた。

「それで、どうするね？」

「アキラに会いに行くしかないでしょう」

梶はうなずくと、二人の捜査員に言った。

「私らは、その店に様子を見に行ってくる」

「いや、しかし……」

「君らは、言われたとおりここで張り込みを続けてくれ」

梶は甘糟に言った。「さあ、行こう」

甘糟はうなずいて、ビルの玄関に向かった。


エレベーターで、四階に上がった。ビルの作りはマンション形式で、同じ形、同じ色のドアが、四つばかり並んでいる。

ドアとドアの間隔が離れているので、一部屋が広いことがわかる。

目的の店は、一番端の非常階段脇にあった。『サミーズバー』という目立たない看板が出ている。まさに隠れ家といった雰囲気だ。

梶が甘糟に言った。

「アキラの姿がない。……ということは、店の中に入ったということだな？」

「ビルから出て行った様子はありませんでしたから、そういうことですよね」

「うちの捜査員たちは、中から返事がないから無人だろうと判断したようだが……。アキラが中に入ったということは、店に誰かがいたということだろうな……」

「あるいは、合い鍵を持っていたか……」

「宇良沢エンタープライズから合い鍵を入手したということか？」

「そういうこともあり得るという話ですがね……」

「さて、どうするね……」

また同じ質問をされた。

そっちが年上だし、俺に指示を出すのは、そっちの役目なんじゃないの。そう思ったが、もちろんそんなことは口には出さなかった。

「アキラに話を聞きましょう」

「そうだね」

梶はそう言ったまま、ただドアを見つめている。甘糟は、戸惑った。当然、梶がインターホンのボタンを押すなり、ドアを叩くなりするものと思ったのだ。

「え……？　自分がやるんですか？」

「君は、マルBとのやり取りに慣れているんだろう？　任せるよ」

「はあ……」

甘糟は、インターホンのボタンを押した。部屋の中でチャイムが鳴るのが聞こえてきた。だが、返事はない。

甘糟は、再びボタンを押した。やはり同じだった。

今度は、ドアを叩いた。中に人がいるに違いない。少なくとも、アキラがいるはずだ。甘糟は、反応があるまでドアを叩きつづけるつもりだった。

「アキラ、いるんだろう？　甘糟だ。ここを開けてよ」

さらに、拳でドアを叩く。

「ここ開けるまで、ドアを叩きつづけるからね」

カチリと、解錠する音が聞こえた。そして、ドアが開いた。ドアチェーンがかかったままだ。

見知らぬ男がドアの隙間の向こうに顔をのぞかせた。

「誰だ？」

「警視庁北綾瀬署の甘糟」

甘糟は、警察手帳を提示した。ちゃんと開いてバッジと身分証を見せた。「あなたは……？」

「この店の者だけど……」

「従業員？」

「さっき、捜査員が訪ねてきたときは、出なかったそうだね？」

「そう？　気がつかなかったな……」

明らかにシラを切っている。「それで、何の用？　開店準備で忙しいんだけどな……」

「開店準備って、この店は深夜に営業してるんでしょう？」

「深夜だけ営業してるわけじゃない。午後七時には店を開けるんだよ」

「ちょっと店内を見せてもらっていい？」

「困るな。忙しいと言っただろう」

「他に誰かいるの？」

「いないよ」

「そんなはずないんだけどなあ」

「え……？」

「俺ね、唐津晃って男を探してるの」

「カラッ・アキラ……？」

「そう。多嘉原連合の唐津晃。ここに来ているはずなんだけどな」

「知らないよ」

「いるかいないか、この眼で確かめたいからさ……。ちょっと、中を見せてよ」

「勘弁してくれよ……」

男は、顔をしかめた。

「俺だって、しつこいのは嫌いなんだけど、仕事なんでね……。このまま帰ったら、怖い先輩に怒鳴られるんだ」

「そんなの、俺の知ったこっちゃないな」

飲食店の従業員は、たいてい警察に対して強くは出ない。生安課の手入れを恐れているのだ。

だが、この男は非協力的だ。年齢は、おそらく四十代の前半。頬や顎にうっすらと髯《ひげ》が浮いている。無精髯にも見えるが、おそらくはそういう演出のおしゃれなのだと、甘糟は思った。

若い飲食店従業員の中には、虚勢を張って、わざと警察官に反抗的な態度を見せる者もいる。だが、この男は、そうではなかった。

腹が据わっているように見える。彼も、元暴走族か、ギャングといった、非行グループのメンバーだったのかもしれない。

甘糟は、攻め方を変えることにした。

「あのね、俺は唐津晃に用があるの。この店に用があるわけじゃないんだ」

男は、しばらく考えていた。じっと、値踏みするように甘糟を見ている。やがて、彼が言った。

「この店に用があるわけじゃないというのは、本当か？」

「ああ、少なくとも、俺はこの店には用はない」

「うまいこと言って、サダオを探しているんだろう？」

猜疑心に満ちた眼を向けてくる。

「サダオ？　それ、誰だ？」

「ふざけるな。警察の目的はそれなんだろう？」

「あ、殺人現場近くに駐車していた車の持ち主？」

「車の持ち主なんかじゃない。サダオは、誰かにはめられたんだ」

「はめられた？　それ、どういうこと？」

「知らん。俺は、これ以上は何もしゃべらない」

「あんたが勝手にしゃべりはじめたんだよ。だいたい、俺、サダオとかいう人、名前も知らなかったからね」

男は、少しばかり戸惑った様子を見せた。

「警察が嘘をついていいのか？」

「嘘なんかついてないよ。現場近くに駐まっていた車の持ち主が判明したって話は知っているよ。でも、その名前は聞いてないから……」

「本当に、この店にもサダオにも用はないのか？」

「だから、言ってるだろう。俺が用があるのは、多嘉原連合の唐津晃だって……」

男は、しばらく無言だった。どうしていいかわからない様子だ。

男の背後から声がした。

「いいよ、開けてやんなよ」

アキラの声だった。

ドアが閉まった。だが、それはチェーンを外すためだった。すぐにまたドアが開いた。

男の向こうに、アキラの姿が見えた。アキラは、カウンターのスツールに腰を載せていた。

「俺に用って、何だい？」

アキラは、落ち着き払っている。甘糟は、『サミーズバー』の中に入ると、アキラに言った。

「車の持ち主を探してるんだろう？」

「何の話だ？」

「この店の常連だそうじゃないか」

「だから、何の話だって訊いているんだ」

「ゲンを殺したやつを見つけたいんだろう？　けどね、そんなことしてると、俺、あんたの身柄を押さえなきゃならなくなるからね」

アキラは、店の従業員をちらりと見た。従業員は、無表情にアキラを見ている。

アキラは、つまらなそうに言った。

「どうせ、この店を監視してるんだろうな……」

「さあ、どうだろうね」

「ケチがついちまったな。出直すとするか……」

「出直すっていうのは、また来るってこと？　そういうの、やめてよね」

アキラは腰を上げ、出入り口に向かおうとした。甘糟と梶の目の前を通り過ぎることになる。

甘糟は言った。

「待ってよ。まだ、話は終わってないよ。いろいろと訊きたいことがあるんだ」

アキラは立ち止まって言った。

「訊きたいことって、何だ？」

「サダオだっけ？　車の持ち主……。そいつのこと、どこから訊いたんだ？」

アキラがゆっくりと甘糟のほうを向いた。笑っていた。

「あんた、本当に面白い人だね」

「別に面白くはないだろう」

「俺がここでそんなことをしゃべると思う？」

「うーん。そうだなあ……。しゃべらないだろうなあ……」

「なのに、質問するんだ？」

「まあ、仕事だからね」

「あんたが思っているとおり、その質問にはこたえない」

「昼間、宇良沢エンタープライズに行ったね？　この店の情報を仕入れるためだったんじゃないのか？」

「あんたらが尾行してきたのは知ってる。そう、あんたが言うとおりだ。オジキんとこの若いのが、ここのオーナーと知り合いなんだ。この人に電話して、店で話をすることになった」

アキラが、顎で店の従業員を指し示した。「店長の坂田幸祐《さかたこうすけ》だ」

「なるほどね。あんたが、坂田さんに話したんだね。警察がサダオの行方を追っているって……」

アキラがまた、にっと笑った。

「どうして、あんたは、俺がこたえないとわかっている質問ばかりするのかな」

「だから、仕事だって言ってるだろう。いちおう質問してみないと……。あんただって、何かの気紛《きまぐ》れで、こたえてくれるかもしれないじゃないか」

アキラは、声に出して笑った。それから言った。

「まったく、あんたが刑事だってこと、忘れそうになるよ」

そして、アキラは店を出て行った。

梶が、少しばかり慌てた様子で甘糟に言った。

「行かせちまっていいのか？」

甘糟は、どうだろう、と思った。このまま行かせてしまっていいとは思えない。だが、アキラを引き止めておく方法が思いつかなかった。

甘糟は正直に言った。

「他にどうしようもないと思います」

「身柄を引っぱって、詳しく話を聞くとか……」

「署に引っぱったって、あいつ、何もしゃべりませんよ」

「それをしゃべらせるのが、刑事じゃないか」

「そりゃまあ、そうなんですけど……」

「おい……」

坂田が甘糟に声をかけた。

「あ、すいません。あなたのこと、忘れていたわけじゃないんです」

「あんたは、本当にサダオのことを知らないんだな？」

「知らないと言ってるでしょう。今はね……」

「今は……？」

「捜査本部に帰ったら、当然、そういった情報を確認するからね。ねえ、サダオが誰かにはめられたって言ってたよね。あれ、どういうこと？」

坂田は、じろじろと甘糟を見ていた。睨みつけているのとは違う。もしかしたら、どの程度信用できるのか、推し量っているのかもしれない。あるいは、利用できるかどうか計算しているのか……。

「サダオは、車の持ち主なんかじゃない」

甘糟は驚いて言った。

「え、でも、警察が調べたんだよ。運輸支局か自動車検査登録事務所で確認しているはずだ」

坂田は甘糟を見据えた。今度は明らかに睨みつけてきた。

「警察がサダオを罠《わな》にかけようとしているんじゃないのか？」

「あ、アキラに何か言われたね？　俺たちが警察からサダオを守ってやる……。そんなことを言われたんじゃないの？」

「たしかに、あの人はそんなことを言っていた。ここのオーナーは、アキラさんたちが知り合いの組員とは親戚付き合いだって言っていたし……」

「親戚……？」

梶が怪訝な顔で言った。甘糟は、慌てて説明した。

「あ、稼業の上での親戚ということです。多嘉原連合の多嘉原組長と、宇良沢エンタープライズの宇良沢社長は、兄弟分の盃を交わしていますので……」

「ああ、そういうことか……」

甘糟は、坂田に言った。

「そんなの嘘だからね。アキラは、自分の弟分を殺したやつを必死で追っかけてる。あいつがサダオを見つけたら、ただじゃおかないだろう。殺すかもしれない。俺はね、それをやめさせたいわけ」

「アキラに用があるっていうのは、そのことだったのか……」

「ヤクザは二言目には面子って言うけどね、警察にも面子があるんだよね」

「警察がサダオを罠にかけようとしているわけじゃないんだな？」

「そんなことして、何になるんだよ。いい？　殺人犯の起訴ってたいへんなんだよ。よっぽどしっかりとした証拠がなけりゃ、検察だって納得しない。裁判で有罪にできると踏まないと、起訴なんかしないからね。でっちあげの犯人で、納得するほど検察は甘くないんだよ」

甘糟がしゃべっている間、坂田はずっと猜疑心に満ちた眼を向けていた。

梶が言った。

「そんなことまで言うことはないだろう」

甘糟は、咳払いしてから坂田に言った。

「つまり、俺が言いたいのは、警察がサダオを罠にかける、なんてことはあり得ないってことだ」

「じゃあ、どうして車も持っていないサダオが、車の持ち主なんかにされちまうんだ？」

「さあね。俺にはわからない。ただね、言えることは一つ。そういう記録があったということだ」

「記録……？　陸運局か何かにか？」

「今は、運輸支局とか自動車検査登録事務所っていうんだけどね……」

「じゃあ、誰かがその記録を改竄《かいざん》したことになる。そんなことが簡単にできるとは思えない」

「簡単じゃないと思うよ。でもね、やってやれないことはない。そして、そういう面倒で手間がかかることをやってのける連中がいる」

「ヤクザだな……」

「そういうこと。だから、アキラなんかを信用しちゃだめだよ」

「だからといって、警察を信用するわけにもいかない」

「信用なんかしなくてもいいから、事実をしゃべってもらうよ」

「どういうことだ?」

「署まで来てもらわなきゃ……。どうせ、もうサダオはここには姿を現しそうにないしね」

14

坂田の身柄を北綾瀬署まで運ぶと、管理官が甘糟と梶を呼びつけ、怒鳴りつけた。

「いったい、どういうつもりだ。俺は、滝定夫《たきさだお》が現れるまで店を張り込めと指示したんだ。店の従業員を連れて来いとは、一言も言ってない。俺の指示に従わないなら、おまえらクビにするぞ」

クビと聞いて、甘糟はすっかりびびってしまった。

管理官に、甘糟たちの首を切る権限などない。脅しだとわかっていても、生きた心地《ここち》がしなかった。

「どうしてこんなことになったのか、説明してみろ」

説明しても、しどろもどろになり、余計に管理官の怒りを買いそうだった。坂田を署に引っぱることに決めたのは甘糟だ。だから、説明も自分の役目だと、甘糟は思った。

だが、甘糟より先に、梶が口を開いた。

「仕方のない状況でした。我々より先に、あの店を訪ねた者がいて、我々は、どうしてもその人物に会う必要がありました」

「先に店を訪ねた者？」

管理官が、嚙みつきそうな形相で言う。「そいつは何者だ？」

「多嘉原連合の組員です。殺害された東山源一の兄貴分で、唐津晃といいます」

管理官は、押し黙った。梶が言ったことの意味を考えているのだろう。

抜いた刀を納めるかどうか、迷っているようにも見えた。やがて、管理官は言った。

「その組員が、店の従業員と話をしていたということか？」

「そうです。唐津晃も、東山源一を殺した犯人を必死に追っているんです」

「ヤクザなんかにできることは、たかが知れている。警察にかなうはずがない」

「でも、我々は、出し抜かれました。唐津晃は、先に店に乗り込んだのです」

管理官は、再び考え込んだ。そして、うなるように言った。

「それで、その組員はどうした？」

「まず、唐津晃と従業員の坂田の話を中断させることが先決でした。ですから、唐津晃のほうは押さえておりません」

「監視はしているのか？」

「動向は把握しております。この北綾瀬署のマル暴たちが……」

管理官は、甘糟をちらりと見てから言った。

「組員が店を訪ねた段階で、滝定夫が店に姿を見せる可能性はほとんどなくなったということか……」

梶がうなずいた。

「そういうことです。おそらく、坂田あたりから連絡が行ったでしょうから……」

「だからといって、その坂田を引っぱってくることはないだろう」

「滝定夫は、車を持っていなかったと言っています」

管理官が眉をひそめた。

「何だって……？　それは、どういうことだ？」

「坂田は、誰かが滝定夫をはめたのだと……」

「はめた……？」

「あの……」

甘糟は恐る恐る言った。「発言してよろしいでしょうか？」

管理官が、ぎろりと睨んだ。

「あ、やっぱりやめておきます」

「いいから、言いたいことがあったら、言え」

「はい……。では、申し上げます。車の持ち主が判明するまでの時間です」

「時間……？」

「はい。時間がかかり過ぎたと感じました」

「担当の捜査員たちは一所懸命だったはずだ。それでも手間取ることはある」

「運輸支局か自動車検査登録事務所で、確認されたのですよね」

「登録事務所だと聞いているが、何か……？」

「おかしいですね。登録されているなら、車の持ち主は、すぐにわかるはずです。また、逆に、登録されていないのなら、持ち主などわかりようがありません。時間がかかったけど判明した、というのは、どうも不自然な気がします」

「おまえが、不自然に思おうが思うまいが、関係ない」

「わあ、すいません……」

「しかし、まあ……」

管理官は考え込んだ。「言われてみると、たしかにそのとおりかもしれない」

梶がすかさず言った。

「何者かが、車検登録の記録に手を加えた疑いもあるのではないでしょうか。そのあたりの事情を詳しく聞くために、坂田の身柄を引っぱりました」

管理官は、大きく深呼吸をしてから言った。

「そういうことならば、仕方がないな」

ようやく刀を納める気になってくれたようだ。甘糟は、ほっとした。

管理官は続けて言った。

「事情はわかった。だが、今後は事前にちゃんと連絡しろ。わかったな」

甘糟と梶は、声をそろえて「はい」と言った。

「行っていい」

管理官から解放されると、甘糟は梶に言った。

「すいませんでした。自分が勝手に坂田を連れてくることにしたのに……」

「あの状況で、坂田を帰すわけにもいかなかっただろう」

「事情聴取は、誰がやるんでしょう?」

「さあな。誰かベテランの捜査員が担当するはずだ」

時計を見ると、午後七時を過ぎたところだ。あと一時間ほどで、他の捜査員たちも上がってくる。

甘糟と梶は、今のうちに夕食を取っておくことにした。

それにしても、さすがに梶は元刑事総務課だ。管理官に対する態度にそつがなかった。現場を知らないから無能だという考えは、必ずしも正しくはないのだと、甘糟は思った。

午後八時頃、郡原と遠藤も引き上げて来た。彼らは、甘糟と梶のそばにやってきた。

郡原が言った。

「管理官に怒鳴られたんだって？」

「ええ、まあ……」

郡原は、なぜかうれしそうだった。

「なんで、そんなことになったんだ？」

甘糟は、かいつまんで説明した。

話を聞き終わると、郡原は言った。

「アキラの野郎、意外と動きが早いな……」

「そうなんですよね。ちょっと早過ぎると思いませんか？」

「ああ……。こりゃ、いよいよ内通者のことを疑ってかからないといけねえかもしれんな」

梶が言った。

「私もそう思うね」

郡原は、梶をちらりと見てから言った。

「その坂田とかいう店長が言ったことも気になるな……」

甘糟はうなずいた。

「滝定夫が、誰かにはめられたって話ですね？」

「そいつ、半グレなんだろう？　半グレをはめるとしたら、いったい誰が……」

梶が言った。

「対立している半グレか何かじゃないのかね？　自分の罪を、滝定夫になすりつけようとしたんじゃないだろうか」

また、郡原が梶の反感を買うようなことを言い出すのではないかと、甘糟はひやひやしていた。だが、意外にも郡原は真剣な表情で言った。

「そうかもしれんがね……。だが、そうだとしたら、一つひっかかることがある」

梶が尋ねる。

「何だね？」

「半グレが、車検登録の記録を改竄《かいざん》したことになる。やつらにそんな知恵やコネがあるとは思えない」

梶がさらに質問した。

「そういうことができるのは……」

「ヤクザか警察官か……」

甘糟は言った。

「車のディーラーなんかにも可能なんじゃないでしょうか……」

郡原が厳しい顔で甘糟を見た。また叱られるのかと思って、甘糟は言った。

「あ、すいません。余計なことを言いました」

「その線はあるかもしれないな……。いくらヤクザだからって、公的な記録の改竄は難しい。どうやってやったのかと、考えていたところだ」

甘糟は、叱られずにほっとした。

「たしか、ディーラーが運輸支局や自動車検査登録事務所に、直接手配するわけじゃないんですよね？」

「ああ。自販連という組織の登録代行センターというところが、書類を回収して、手続きをする。ナンバーもそこがディーラーに配布する。この登録代行センターというのは、行政書士だ」

梶が言った。

「だが、そういう代行センターのようなところは、管理が厳しいんじゃないのかね？　信用が何より大切だからな……」

「管理は厳しいだろう。だが、どんな世界にも必ず抜け道はあるさ」

梶がうなずいた。

「管理官に、その話を伝えてこよう」

「はあ……」

甘糟がつぶやくと、梶が尋ねた。

「どうした、変な声を出して」

「いえね、怒鳴られたばかりだというのに、よく話をしにいく気になるなあと思って……」

梶が苦笑した。

「管理官とは、普段顔を合わせているから平気だよ。それに、必要なことは、怒鳴られようが殴られようが、報告しなければならない」

梶が管理官席に向かうと、郡原が無言でその後ろ姿を見ていた。何を考えているんだろうと思っていると、郡原が言った。

「妙なやつだよな……。現場のことは知らない様子なのに、腹が据わっていないわけじゃなさそうだ」

「捜査一課の前は、刑事総務課にいたらしいです」

「なるほどな……」

「あの……」

「何だ？」

「足立社中の事務所兼組長宅を張っているときに、『ジュリア』の従業員に会ったんです」

「『ジュリア』？　キャバクラか？」

「ええ。アキラの行きつけの店で、その従業員は、アキラがかわいがっているやつのようです」

甘糟は、名刺を取り出して郡原に見せた。「駒田譲っていうんですが……」

郡原は、名刺を一瞥《いちべつ》すると尋ねた。

「それで……？」

「聞き込みに行ったときに、自分に失礼な態度を取ったので、お詫びに今度サービスするっていうんです。ぜひ、店に来てくれと……」

「あ、このやろう。自分だけおいしい思いをするつもりか」

「いや、そういうことじゃなくて……」

「じゃ、どういうことだよ？」

「変だと思いませんか？」

「何がだ？」

「そいつが接触してきたのは、足立社中の本拠地のすぐそばですよ。そんなところで、偶然自分を見つけて声をかけてくるなんて……。駒田はアキラの舎弟みたいなもんなんですよ」

「足立社中の本拠地ったってな、多嘉原連合の事務所からそう離れているわけじゃねえ。狭い足立区内のことだ。そう不思議はねえだろう」

「自分と接触する機会をうかがっていたんじゃないかと思います。張り込みのときは、長時間同じ場所に留《とど》まっていますから、頃合いを見て接触することができます」

郡原が考え込んだ。

「アキラの差し金か……」

「それについては梶さんとも話し合ったんですけどね。アキラにとって、ゲン殺しの捜査情報って、ものすごく重要なことでしょう。アキラだけじゃなく、多嘉原連合全体にとっても重要事項のはずです。そんな情報を、半ゲソ使って聞き出そうとしますかね？」

郡原は、また思案顔になった。

「たしかにそうだな……。だが、別の目的があるのかもしれねえぞ」

「別の目的……？」

「そうだ。アキラが、おまえを抱き込もうとしているのかもしれねえ」

「俺、事務所に行っても、お茶も飲まないんですよ」

「そういう堅いやつほど、ころっといきやすいんだよ」

「そうなんですかね……」

「ばかやろう。そういうときは、あくまで否定するんだよ」

「あ、すいません」

「それで、どうするつもりだ？」

「梶さんは、行ってみたらどうかと言うんですが……」

「梶が何言ったかなんてどうでもいい。おまえがどう思うか、だ」

「自分も行ってみようと思います。駒田やアキラが何を考えているか、探れるかもしれません」

「わかった。善は急げだ。これから行ってみろ」

「え、今日ですか？」

「駒田ってやつに、がっついているという印象を与えるんだよ」

「はあ……」

「こいつは、重要なことだが……」

甘糟は緊張して訊いた。

「何です？」

「サービスするって、実際にはどういう内容なんだろうな……」

緊張して損した。

「あのう……。よかったら、いっしょに行きます？」

郡原は、隣にいる遠藤の顔を見た。遠藤は、ずっと無言で、興味深げにみんなの会話を聞いていた。

郡原が言った。

「おまえ一人で行ってこい。駒田を油断させる必要もあるからな。あくまでもプライベートで飲みに来た、ということにするんだ」

「わかりました」

「着替えて行けよ」

「え……？」

「いかにも、刑事でございって恰好《かっこう》で行ったら、向こうだって嫌がるだろう」

「わかりました。じゃあ、寮で着替えてからでかけます」

「ちゃんと報告しろよ」

「もちろんです」

「サービス内容についてもだぞ」

遠藤がにやにやしていた。

「あの、本当に郡原さんもいっしょに行きませんか？」

「行かねえよ」

管理官席から戻って来た梶に一言断り、甘糟は捜査本部をあとにした。郡原に言われたとおり、寮に戻り、普段着に着替えた。

ジーパンにTシャツという恰好になり、いくらなんでもラフ過ぎるかなと思った。キャバクラなんか滅多に行かないので、どんな服装で行けばいいのかわからない。あまり気負っておしゃれをすると、かえって恥ずかしい。

結局、ジーパンのまま、ポロシャツに着替え、薄手のジャンパーを羽織った。

『ジュリア』が入っているビルの前まで来ると、すぐに駒田が通りまで出てきた。

「甘糟さん。お待ちしておりました」

「俺、名乗ったこと、あったっけ？」

「アキラさんからうかがっています」

「あんたらに名前知られるの、気持ちのいいもんじゃないね」

「あの、自分はアキラさんとは違って、堅気ですから……」

いやいや、絶対堅気じゃないから。

駒田が言いたいのは、まだ構成員になっていない、ということなのだろう。

「ＶＩＰルームにご案内します」

「え、そういうとこって、高いんじゃないの？」

「だいじょうぶ。すべておまかせください」

「あのね、俺、今日は完全にプライベートだからね。規定の料金も払うし……」

「心得ております。こちらへどうぞ」

VIPルームといっても、カラオケボックスに毛が生えたような小部屋に過ぎない。いちおう、隔離された部屋になっている。

席で待っていると、ボーイがアイスやハウスボトルを運んで来た。さらに、しばらくすると、女の子が二人やってきた。

「いらっしゃいませー」

まだ若い子たちだ。二人とも二十歳《はたち》前後ではないだろうか。

「いやいやいやいや……」

甘糟は思わずつぶやいていた。

駒田は、ナンバーワンクラスをつけると言っていたが、嘘ではなかったようだ。二人とも、モデル並の容姿だ。

へえ、綾瀬あたりのキャバクラでも、こんなにかわいい子がいるんだ……。

別に綾瀬をばかにしているわけではない。水商売で稼ごうと思ったら、六本木や渋谷に出ようと思うだろう。そうした街は当然競争率が高く、レベルも上がっていく。

乾杯をして、酒を飲み、適当な話をする。隔離されているので、店内の様子はわからない。逆を言えば、他の客からも見られないということだ。

こうしてただ飲んでいるだけでは、郡原に報告のしようがない。

「ちょっとトイレ……」

甘糟は席を立った。

ＶＩＰルームを出たところで、隣のＶＩＰルームから出てきた男とすれ違った。

あれ、と甘糟は思った。

その男に見覚えがあるような気がした。

太り気味の中年だ。派手なシャツにゴルフウエアのパンツだ。一見、マルＢのようでもある。

誰だったっけ。多嘉原連合かな……。

向こうは、甘糟には気づかない様子だった。

そのままトイレに向かった。用を足しながらも、甘糟は、今すれ違った男のことが気にかかっていた。

15

トイレから出て、店内の様子をざっと調べた。すれ違った男の姿はない。おそらくその男も、VIPルームにいるのだろう。

VIPルーム以外のフロアには、三組しか客がいない。まだ、時間が早いせいだろうか。

時間帯によっては、もっと混み合うのかもしれない。

席に戻ると、駒田が待っていた。

「どうです？　気に入っていただけましたか？」

「店のこと？」

「キャストとか……」

「それはもう……」

甘糟は、右側に座っている女の子をちらりと見た。今風のメイクなのだろう。まつげが長くて、目がぱっちりとしている。

ミニスカートから伸びるきれいな脚がまぶしい。

「自分もいっしょに、一杯いただいていいですか？」

「かまわないけど……」

　女の子がすかさず、ウイスキーの水割りを作る。

「じゃあ、乾杯させてください」

　甘糟は、駒田とグラスを合わせた。女の子もそれに参加する。

　駒田は、一気にグラスを空けたが、甘糟はちびちびと飲んでいた。女の子たちが、また駒田に水割りを作る。

　駒田が言った。

「いや、先日は失礼しました。アキラさんのお知り合いとは知りませんで……」

「知り合いといってもね、仕事上の付き合いだからね」

「はあ、お世話になっているということですよね」

「お互いに、お世話になっちゃいけない関係だよ」

「これを機に、この店をご贔屓《ひいき》に……」

　こんなかわいい子が付くんだったら、贔屓にしたくなるよなあ……。

　甘糟は、そんなことを考えていた。

「今日は、ゆっくりと楽しんでいってください。どの時間帯でも最低のセット料金にさせていただきますから……」

「そういうサービス、やばいんだよ。贈収賄になりかねないからね。ちゃんと規定の料金を払うよ」

「さすが、アキラさんのお友達だけあって、筋が通っていらっしゃる」

「いや、友達じゃないから」

「ところで、五分だけお時間、よろしいですか？」

「何だい？」

駒田は、女の子たちに言った。

「呼ぶまで、ちょっと席を外してくれ」

二人のホステス、いやキャストがＶＩＰルームを出て行った。

いよいよ本題か……。甘糟は身構えた。

駒田が声を落として言った。

「ゲンを殺《や》ったやつですけど、半グレだっていうの、間違いないんですね？」

甘糟は、飲みかけた水割りを噴き出しそうになった。

「あんた、単刀直入だね」

「滝定夫ってやつだと聞きましたが……」

「俺、知らないよ」

「知らないはずないでしょう。捜査本部にいらっしゃるんでしょう？」

「捜査本部ってのは、いろいろ役割分担があって、言われたことを捜査するだけなんだ。だから、俺みたいな下っ端は、事件の全容なんてわからないから……」

「でも、滝定夫って名前は、お聞きになったことがありますね？」

「あのね、捜査情報をこんなところでしゃべったりしたら、俺、クビになっちゃうの。アキラにも、いつも言ってることだよ」

「甘糟さんが洩らしたなんて、口が裂けても言いませんから」

「そんなの信用できるわけないじゃん」

何か聞き出すために、店に招いたに決まっているのだ。

「だいじょうぶです。自分らのことを、仲間だと思っていただいてけっこうです」

「絶対にそんなふうに思わないからね。だいたいね、俺から何か聞き出そうなんて、無理だからね。アキラにもそう言っておいてよ」

「アキラさんは、関係ないですし……」

「関係ないわけないだろう。アキラに言われて、俺を店に呼んだんじゃないの？」

駒田は、きっぱりとかぶりを振った。

「そうじゃありません。甘糟さんをここにお招きしたのは、自分の一存です。アキラさんに言われたわけじゃないんです」

「そんなの、あり得ないね。だって、あんた組にゲソづけしたわけじゃないんだろう？　俺から捜査情報を聞き出そうとする理由、ないじゃない」

駒田は、真顔になった。

「自分もゲンと親しかったんです。あいつを殺ったやつのことは許せないんです」

「警察に任せるしかないんだよ。どうしてそれが、わからないわけ？」

「もちろん、お任せしますよ。でも、捜査がどの程度進んでいるか、知りたくなる気持ちもわかっていただけますよね？」

「いや、わからないから」

「警察は、犯人を特定したんですね？　それだけでも教えてください」

「だからさ、俺みたいな下っ端には、課長や管理官が考えていることなんて、わかんないんだってば……」

「そんなはずはないでしょう。警察の方々は、きちんと捜査情報を共有されるはずです」

「ええとね、それができれば苦労しないんだよ」

「じゃあ、イエスかノーかでこたえてくれるだけでいいです。警察は、犯人を特定したんですか？」

「だから、そんなこと、こたえられないんだってば……」

「黒いミニバンが、防犯カメラに映っていたんですよね？　それが犯人の車ですか？」

「こたえられないんだって……」

「そのミニバンの持ち主が、滝定夫なんですね？」

「俺、帰るよ。勘定してよ。そんな話に付き合ってられないからね」

これ以上質問されると危険だ。

こたえなくても、うっかり態度に出てしまうということもあり得る。

刑事は、誰かに質問するときに、こたえの内容よりも態度や仕草に集中する。相手が嘘を言っていたり、隠し事をしていないかを探るのだ。そして、たいていの刑事はそれを見破る。

ヤクザも同じだ。彼らはある意味、警察官よりも敏感だ。

イエスかノーかの返答を迫られるのは、きわめて危険だ。こたえが態度に出やすいからだ。

駒田が言った。

「まあ、そうおっしゃらずに……。世間話だと思って……」

「世間話でクビが飛んじゃ、たまらないよ。あんたらマルBだって、一言が命取りになることがあるだろう。警察だって同じなんだよ」

「いや、だから、自分は堅気ですって……。アキラさんにかわいがられていますけど、一線を画してますし……」

「じゃあ、ゲンともそうなんだろう？　アキラが言ってたよ。ゲンは、ランクアップしたんだって。アマチュアからプロになったんだ。だから、もうアマチュアの連中とはつるまないはずだ」

「人と人の縁は、そう簡単に切れるもんじゃない。そうでしょう？」

「ゲンとは、昔から知り合いだったってこと？」

「自分ら昔、このあたりでグレてましてね……。同じ族にいたんです。中学校の同級生でした。ま、ろくに学校なんて行ってませんでしたけどね。自分ら、族でも同期で、仲がよかったんです」

「へえ……」

甘糟の好奇心が頭をもたげた。「中学校の同級生で、族でも同期……。それで、ゲンはアキラんとこにゲソづけしたのに、あんたはどうしていっしょにゲソをつけなかったの？」

「仲間がやるから自分もやる、なんてそんな簡単なもんじゃないんですよ。一度盃をもらったら、死ぬまでその関係を背負っていかなきゃならないんです。覚悟がいるんですよ」

「なるほど……。でも、ゲンとずっとつるんでいきたいと思わなかったの？」

「役割分担ですかね……。捜査本部と同じですよ。こっちはミカジメを払う側ですがね、持ちつ持たれつなんです。だから、ゲンともうまくやってたんですよ」

駒田の言うことは、いちおう納得できる。だが、どうも彼の本当の目的がよくわからなかった。

アキラに命じられて、甘糟から情報を聞き出そうとしている、というのが、最もわかりやすい説明だ。

だが、組にとって重要な情報を聞き出すのに、半ゲソを使うというのが納得できない。これは、梶とも話し合ったことだ。

甘糟は、誘いをかけてみることにした。

「俺は捜査情報を洩らせない。あんたに言ってだめなら、今からアキラに電話して、はっきりとそう言うからね」

駒田は、にわかに落ち着きをなくした。なんとかそれを取り繕うために、笑みを浮かべている。

「アキラさんは、関係ないと言ったでしょう。自分の一存だって……。電話なんかするの、やめてくださいよ」

「どうしてだ？　サービスしてもらった礼を、アキラにも言っておかなくちゃな」

「礼なんていいですし、ホント、アキラさんは何も知らないんです。自分が、知りたかったんですよ。捜査がどこまで進んでいるのか……。だって、中学の同級生で族でいっしょだった仲間が殺されたんですよ」

「だからって、捜査情報は絶対に洩らせない。第一、俺にもどこまで捜査が進んでいるか、正確にはわからないんだからね」

駒田がうなずいた。

「わかりました。無粋な話はここまでにしましょう。キャストを戻しますんで、楽しんでください」

「あ、ちょっと待って……」

「何でしょう?」

「トイレに行くときにすれ違った人が気になってさ……」

「すれ違った人……?」

「お客さんだと思うんだ。たぶんVIPルームにいる……。どこかで見たような気がするけど、思い出せないんだ」

駒田が一瞬、表情を曇らせた。

だが、すぐに笑顔を作って言った。

「見たことあるの、当たり前ですよ」

「どういうこと?」

「たぶん、それ富永《とみなが》さんです」

「トミナガさん……？」

「おたくのカイシャの人ですよ」

カイシャというのは、警察本部や警察署を指す、警察官の間の隠語だ。

「え、北綾瀬署……？」

「ご贔屓にしてもらってます」

「え、なに？　常連なの？」

「そうですね。よくいらしてます」

「そうか……。カイシャの人だったのか……」

北綾瀬署は四百人ほどの規模だ。刑事課などの近い部署の署員はたいてい覚えているが、その他の部署では、知らない人もけっこういる。警察官は異動が多いので、直接関わらない人たちは、なかなか覚えきれないのだ。

「もう五十歳を過ぎてるらしいですけど、若い子がお好きでしてね……」

「ほう……」

甘糟は駒田を見つめて言った。「俺と会わせたくなかったの？」

「いえ、そんなことはありませんよ」

「俺が、そのトミナガさんを見かけたと言ったら、一瞬、しまったという顔をしたよね？」

「そうですか？　自分、そんな顔しました？　それ、甘糟さんの思い過ごしですよ。自分にとって都合の悪いことなんて、何もありませんから……」

「思い過ごしじゃないと思うけどなあ……」

駒田は、肩をすくめた。

「自分は、こう思っただけです。こんな店で顔を合わせたなんて、甘糟さんたちが気まずいんじゃないかって……」

「気まずいかな……」

「お互い、ちょっと後ろめたいんじゃないですか？」

言われてみると、そんな気もしてきた。

別にキャバクラが悪いというわけではない。ただ若い女の子と酒を飲みながら話をするだけだ。そのために金を払う。

だが、それをあまりよろしくないことだと考えている人々も少なくない。

「ええと、まあ、そうかもしれない」

「自分は、そのことがちょっと気になったんですよ」

「ふうん……」

「さて、話が長くなってしまって申し訳ありません。キャストを呼び戻しましょう。ちなみに、どちらがお好みでした？」

「好み？」

「さっきついた二人のキャストです。甘糟さんのお好みは……？」

「俺の右側にいた子かな？　脚のきれいな……」

「さすが、お目が高い」

「そうなの？」

「彼女はナンバーワンですよ。他に指名も入っていますが、できる限り甘糟さんの席におつけしますよ」

「あはは……」

「では、ごゆっくり」

駒田と入れ替わりで、女の子が入って来た。ナンバーワンと言われた子が隣にやってきたとたんに、それまで考えていたいろいろなことが、どうでもよくなってしまった。

俺は、ダメなやつだなあ……。

そう思いながら、十二時過ぎまで飲んでしまった。

二日酔いで捜査本部に顔を出すと、すぐに郡原に呼ばれた。そばに遠藤がいた。

「何だ？　具合が悪そうだな」

「二日酔いです」

「このやろう、けっこう楽しくやりやがったな」

「いや、そんなことは……」

「どんな様子だったか聞かせろ」

「ナンバーワンの子を優先的につけてくれました」

「そんな話じゃねえよ。駒田が何考えてるのか、探りを入れたんだろう?」

「あ、はい。いろいろと報告したいことがあります」

「ちょっと待て……」

「え……?」

「梶を呼んでこい」

「梶さん、ですか……?」

郡原は、ちょっとばつが悪そうな顔をして言った。

「そうだよ。おまえと組んでいるんだろう? それに、『ジュリア』へ行ったらどうかと言い出したのは梶だろう」

「はあ……」

「何してるんだよ。梶を呼んでこい。早く報告が聞きたい」

甘糟は、言われたとおりにするしかなかった。

しかし、どういうことだろう……。

梶といっしょでなければ報告を聞かないと、郡原は言っているのだ。

あんなに梶を毛嫌いしていたのに、まったく、わけがわからない……。

梶は、茶をいれているところだった。本部の端っこにポットと急須が置いてある。

そこに自分の茶碗を持って行って茶をいれるのだ。

「あの……、郡原さんが呼んでます」

「郡原が……？　何の用だろう……」

「自分、昨夜『ジュリア』に行ってきたんです」

「ああ、あの張り込みのときの……。行ったのか」

「それで、その報告を郡原さんにしようとしたら、梶さんを呼んでこい、と……」

「わかった」

甘糟は、梶を連れて、郡原と遠藤のもとに戻った。

郡原が、相変わらずの仏頂面で梶にうなずきかける。

梶が言った。

「甘糟君から、『ジュリア』に行った報告を聞くんだって？」

郡原が言った。

「そういうことだ。おい、甘糟、始めろ」

「はい」

甘糟は、どこから話そうかと、二日酔いで回らぬ頭を無理やり働かせた。

16

「女の子に席を外させると、駒田は、自分から捜査情報を聞き出そうとしました」

甘糟が告げると、郡原が質問した。

「具体的には……？」

「ゲンを殺害したのは、滝定夫なのか、と訊かれました」

郡原がうなる。

「そんなことまで知ってやがるのか……」

梶が言った。

「アキラが知っているんだから、駒田だって知ってるだろうねえ」

郡原が梶に言った。

「アキラは、ゲソづけしてるが、駒田は半ゲソだぞ」

「つまり、構成員か準構成員かってことだね？」

「そういうことだ。構成員ならいろいろと事情を知っているだろうが、それを準構成員にまで伝えるとは限らない」

「なるほど……」

「そこまでのことを知っていたということは、駒田はかなりアキラに信頼されているということだな」

郡原の言葉を受けて、甘糟は言った。

「でも、何だかちょっと妙なんですよね」

「妙？　何がだ？」

「事件のことを尋ねるんだから、当然、アキラに命じられてのことと思いますよね？」

「そうじゃないのか？」

「本人は否定しました。アキラは関係ない。自分の一存でやっていることだ、と……」

「嘘をついているだけじゃないのか？」

「自分もそう思ったんですが……。どうも、嘘をついているようには見えなかったんです」

梶が言った。

「その点については、私とも話をしたことがあるね。ゲンを殺害した犯人に関する事柄は、組にとっては重要な情報だ。アキラがそれを追うのはわかるが、準構成員の駒田にそんな大切なことを任せるだろうかって……」

郡原が思案顔になって言った。

「もし、アキラの差し金じゃないとしたら、どうして駒田は、おまえを店に呼んで、情報を聞き出そうとしたんだ？」

「本人が言うにはですね、ゲンは、駒田とは中学の同級生で、族でも同期なんだそうです。それで、捜査がどこまで進んでいるのかだけでも知りたい、と……」

「……で、おまえ、それを信じたのか？」

「信じてませんね」

甘糟がそう言うと、梶が驚いた顔になった。

「信じてない？　どうして？」

甘糟は言った。

「いちおう裏は取ってみますよ。おそらく、駒田とゲンが中学の同級生だとか、族にいっしょに入ったとかいう話は本当でしょう。でも、それが自分を店に呼んだ理由だとは思えないんです」

郡原が、甘糟を睨んで言った。

「じゃあ、理由は何だと思う？」

「わかりません。でも、俺から話を聞いたことを、アキラに知られたくない様子でした」

郡原が怪訝な顔をした。

「アキラに知られたくない……。そりゃ、妙な話だなあ……」

「やっぱり、そう思いますよね。だから、妙だと言ったんです」

「確かな話なのか？」

「探りを入れるために、アキラと直接話をする、と言ったんです。そうしたら、駒田のやつはとたんに慌てはじめました」

梶が目をしばしばさせて言った。

「そりゃ、いったいどういうことだ？　アキラと駒田が、別の動きをしているということなのか？」

甘糟はこたえた。

「わかりません。でも、自分を店に呼んで、捜査情報を聞き出そうとしたのが、駒田の一存だというのは、嘘じゃないと思います」

「わからねえな……」

郡原が、不機嫌そうな顔でつぶやいた。「どう考えたって、アキラの差し金だろう。捜査情報を探っていることを、アキラに知られたくないってのは、理屈に合わねえ……」

梶が言った。

「余計なことをするなと、アキラに釘《くぎ》を刺されているにもかかわらず、ゲンのために情報を集めている……。そういったところかね……」

会ったばかりの頃なら、梶のこの発言を、郡原は笑い飛ばそうとしただろう。

「そんな単純なことじゃねえよ」と。

だが、郡原は思案顔でこう言っただけだった。

「それで、いちおう筋は通るが、俺はもっと裏がありそうな気がする」

梶と甘糟は、思わず顔を見合わせていた。

梶に敵意をむき出しにしていた郡原が、明らかに変わった。

なぜだろう。甘糟は、そう思ったが、すぐにそんなことを考えても無駄だと気づいた。郡原が何を考えているかなんて、知りようがない。

考えるだけ無駄だ。無駄なことはしないというのが、甘糟のポリシーだ。

甘糟は梶に言った。

「自分も、郡原さんの言うとおりだと思います」

梶が尋ねた。

「根拠は？」

その質問にこたえたのは、郡原だった。

「ゲン殺害の犯人については、アキラだけではなく、組全体の問題のはずだ。もし、手出しをするなと言われながら、甘糟から情報を聞き出そうとした、なんてことが、組にばれたら、ただじゃ済まねえ。駒田だって、そのへんのことは、百も承知のはずだ」

梶がさらに郡原に質問する。

「それを知りつつも、友人を殺した犯人を知りたいという気持ちを優先したとしたら……？」

郡原はかぶりを振った。

「そんなばかは、裏社会じゃ生きていけねえよ。駒田は、半ゲソだ。つまり、セミプロなんだ。青春の一ページでグレてみました、なんてやつらとは、もう住む世界が違うんだ」

「だとしたら、駒田の意図がわからないねえ……」

「だから、俺たちは妙だと言ってるんだよ」

「なるほどね……。やっぱり、餅は餅屋だということが、よくわかったよ」

甘糟は、この梶の言葉にも、ちょっと驚いていた。

捜査本部にやってきた当時は、明らかに甘糟や郡原のことを見下していた。所轄は、捜査一課の指揮下に入るのが当たり前という態度だったのだ。

郡原だけが変わったのではない。梶も変わった。

いや、もともと梶は、所轄を見下してなどいなかったのかもしれない。こちらが、そういう先入観で彼を見ていたのではないだろうか。

郡原は、それに気づいたに違いない。

郡原は現場にこだわる。だから、現場経験がないにもかかわらず、エリート風を吹かそうとする連中を毛嫌いする。

だから、梶に突っかかっていたのだ。

だが、現場経験がそれほどないにもかかわらず、優秀な警察官はいる。梶もその一人であることは間違いない。

郡原はそれを認めたのだ。

もしかしたら、わざと反抗的な態度を取っていたのかもしれない。試していたのだ。梶は、その郡原のテストに合格したということなのだろう。

ややっこしいな。

郡原の性格もねじ曲がっているが、警察そのものが面倒臭いものなのだろう。

甘糟は、そんなことを思っていた。

郡原が、梶に言った。

「捜査本部は、あくまで滝定夫の身柄を取るという方針なんだな？」

「その方針は変わらない。ただ、甘糟君から聞いた話を、管理官はかなり重く受け止めているようで、そっちも調べているようだ」

「甘糟が管理官に何を言ったんだ？」

「滝定夫が、誰かにはめられたんじゃないか、という話だ」

「車検記録の捏造か改竄ということだな……」

甘糟は言った。

「そういえば、坂田はどうしたんでしょう？」

郡原が尋ねる。

「坂田って、誰だ？」

「西麻布のバーの店長です。滝定夫がよく通っていた店の……」

梶が言った。

「事情聴取だけで帰ったよ。管理官や課長は、坂田の証言も検討に値すると考えているようだ。つまり、誰かが滝定夫に罪を着せようとしているのかもしれない、と……」

「ふん」

郡原が鼻で笑った。「ようやく気づきやがったな……。そういや、あんたも、半グレが犯人だと言い張っていたよな」

梶が渋い顔をした。

「私は、あくまで捜査本部の方針に従おうとしたまでだ」

「その捜査本部の方針というのはな、上が勝手に立てるんじゃなくて、末端の捜査員の情報を丁寧に吸い上げて構築するもんなんだ」

「わかってるさ。管理官や課長だって、そう考えているはずだ」

「だったら、どうしてあんたら捜査一課の連中は、自分の頭で考えようとしないんだ？」

　梶は、小さく肩をすくめた。

「頭を使っていないわけじゃないさ。ただな、捜査一課は、短期に集中的に捜査することを強いられることが多いんだ。そういうときは、兵隊に徹することも必要なんだ」

「それがエリートだなんて、ちゃんちゃらおかしいぜ」

「捜査一課は、何かとマスコミに注目されがちだからね」

「俺たちだって、ちゃんと仕事をしているんだ」

　梶は、大きくうなずいた。

「わかっている。今回の事案でも、おたくらマル暴から入る情報は決してあなどれない」

「わかってりゃいいさ」

梶が郡原に尋ねた。

「それで、これからどうする?」

「俺たちの方針も変わらねえ。アキラのやつに好き勝手させないことが第一。そして、駒田の目的を探る」

「あ、そう言えば……」

甘糟は言った。「昨日『ジュリア』で、うちの署の署員を見かけました」

郡原が眉をひそめる。

「うちの署の……? 誰だ?」

「駒田は、トミナガと言っていましたが……」

「富永? 富永和樹《かずき》か?」

「いや、フルネームは知りませんが……」

「どんな見かけだ?」

「太った中年ですね。年齢は、五十過ぎだと駒田が言ってました。なんか、趣味の悪いズボンはいてましたよ。最初、マルBかと思いましたよ」

「間違いねえな。そいつは、富永和樹だな……」

甘糟が尋ねた。

「『ジュリア』にけっこう通っているらしいんですが……」

「おそらく、前の署で味をしめたんだろうな……」

「前の署で……？」

「ああ。富永は、以前別の所轄で生活安全課にいたんだが、そこで、不祥事を起こして、うちの署に異動になった。今は、ハコ番をやっているよ」

つまり、生活安全課の捜査員から、交番のお巡《まわ》りさんに異動になったということだ。

地域課を低く見るわけではないが、これは明らかに降格人事だろう。こうして、何か不始末をしでかして、地域課にやってくる者がたまにいる。

地域課にしてみれば、たまったものではないだろうが、警察官として最初に経験するのが、地域課であることが多いので、双六《すごろく》で言えば、振り出しに戻ったという意味合いがあるのだろうと、甘糟は考えていた。

甘糟だって、正直に言うと、今から地域課に戻って交番勤務をしろと言われたら、真っ平だと思う。

それまで無言だった遠藤が、突然言った。

「あ、もしかして、そのトミナガが内通者なんでしょうか」

ものすごい発見をしたような顔をしている。梶がたしなめるように言った。

「あまり大きな声で、そういうことを言うもんじゃない」

遠藤がさらに言う。

「でも、内通者の話をしていたじゃないですか。北綾瀬署の署員が、駒田が働いている店に通っていたっていうのは、かなり鑑が濃いでしょう」

梶が少しだけ顔をしかめた。

「だからね、そんなことは、ここにいるみんなが気づいていることなんだ」

「え……」

遠藤が、郡原と甘糟の顔を見てから、視線を梶に戻した。「そうなんですか?」

梶が説明する。

「ただし、その人物が『ジュリア』という店の常連だからって、内通者だという証拠は何もない。だから、慎重に事を進めて、そいつの尻尾をつかみたいと考えているわけだ」

梶が言うとおりだった。

実は、甘糟も内通者なのではないかと思っていた。郡原も、話を聞いたとたんに、そう考えたに違いない。

だが、その確証は何もない。ただの推測に過ぎないのだ。

郡原が甘糟に言った。

「おまえが見た男が、地域課の富永和樹かどうか、確認しておけ。ついでに、ちょっと富永を洗ってみろ」

「わかりました」

「ああ、それから……」

「何でしょう？」

「大切な報告を忘れてるぞ」

「え……？」

「サービスの内容だ。ナンバーワンの子を優先的につけたと言ったな？　それだけか？」

「ええ、それだけですけど」

「それで、今日は二日酔いか」

「えへへ……」

「このやろう……」

郡原は、本当に悔しそうな顔をした。

午前九時から捜査会議が始まった。捜査一課長の姿はなかった。

課長はおそろしく多忙だから、この事案にかかりっきりになっているわけにはいかないのだ。

昨日同様に、管理官が会議を仕切る。

これまでの経緯が説明された。

最優先事項は、半グレで現場で確認された車両の持ち主である、滝定夫の身柄を確保すること。

これについては変更はない。

ただ、西麻布『サミーズバー』の店長、坂田の証言などから、滝定夫が、車の本当の持ち主でない可能性もあり、それについての捜査に人数が割かれることになった。

車検の記録について、詳しく調べることになる。こうした記録の捏造や改竄を追うのはなかなか手間と時間がかかる。

どの段階で書類が作成されたり、改竄されたりしたのか、つきとめるのが難しいのだ。今ではかなりの部分が電子データ化されているので、昔よりは調べるのが楽になったが、その反面、面倒なことも増えた。

電子データの改竄は、専門家でないと痕跡を見つけられないのだ。

警視庁にもコンピュータやネットの専門家はいるが、仕事が山積しているので、調査依頼をしても、いつこちらの事案に着手してくれるかわからないといった問題もあるのだ。

捜査会議が終わると、また郡原を中心に四人が集まった。

「俺と遠藤は、足立社中の事務所を張る」

郡原が言った。「梶さんたちは、多嘉原連合のほうを頼む」

梶が言った。

「車が必要だね？」

郡原はにっと笑った。

「今日は、俺が車を持ってきたよ」

「自家用車かね？」

「そうだが、捜査に転用することもあるので、ＡＰＲを積んである」

ＡＰＲというのは、パトカーなどで使われる無線機だ。

「じゃあ、私らは昨日の車をそのまま使わせてもらおう」

甘糟は言った。

「駒田のほうはどうします？」

「夜になったら、様子を見に行け」

「え、また『ジュリア』に行くんですか？　金が持ちませんよ」

「ばかやろう。飲みに行けと言っているわけじゃねえ。店に出入りする客を見張っているだけで、ある程度のことはわかるだろう」

「張り込みですか？」

甘糟は、びっくりした。

一人で店の張り込みをするなど、不可能だ。

「おまえが拾ってきたネタなんだ。きっちりケツをふいてもらうぞ」

甘糟は、暗澹とした気分でこたえた。

「わかりました」

取りあえずでかけることにした。

昨日と同じ位置に駐車して、多嘉原連合、特にアキラの動向を監視する。

位置についてしばらくすると、梶が言った。

「昨日と同じ場所でいいのかね？　同じ場所に同じ車が停まっていると、不審に思われるだろう」

甘糟は事務所の玄関を見つめたまま、こたえた。

「いいんです。どうせ、向こうは監視に気づいてます」

「それじゃ監視の意味がないだろう」

「昨日の尾行と同じです。気づかれていたらプレッシャーをかけることで、犯罪の抑止効果があります」

「なるほどね……」

午前十時を過ぎたが、アキラは事務所に姿を見せない。

甘糟は、ふと不安を覚えて言った。

「まさか、アキラは滝定夫の居場所を突き止めたんじゃないでしょうね……」

「まさか……」

梶がこたえる。「警察だってまだ所在の確認ができていないんだ」

「ヤクザって、あなどれないんですよ。特に、同業者や半グレといった裏社会の動向については、警察よりよっぽど詳しいですからね。蛇の道は蛇ってやつです」

「アキラに二四体制の監視をつけるべきだったかな……」

甘糟はかぶりを振った。

「捜査本部にそんな余裕はないでしょう。第一、多嘉原連合や足立社中に注目しているのは、自分ら四人だけですからね」

「だが、重要なことなら、いくら人員が限られてもやるべきだ」

「自分には、管理官や課長を説得できる材料が、まだありません」

「説得なら、私がやるよ」

お、頼もしいな。

たしかに、梶は管理官や課長には受けがいいようだ。信頼されているのだろう。

甘糟がそんなことを思ったとき、携帯電話が振動した。

相手は、甘糟の情報源の一人だ。ヤスと呼ばれている。

「甘糟だけど」

「ねえ、ドンパチが始まるんですか？」

「え、何の話？」

「多嘉原連合と足立社中ですよ。ずっと小康状態を保っていたのに……」

「ちょっと待って。なにそれ。どこからそんな話を聞いたんだよ」

「足立社中が、組員たちに武装を指示したって……。末端のチンピラまでが、得物《えもの》を手に入れようとしている」

「それって、多嘉原連合と関係があるの？」

「電話じゃこれ以上はしゃべれねえな」

「わかった。話を聞きに行く。今、どこ？」

ヤスは、居場所を言った。ここから、そう遠くはない。

「今から行く」

甘糟は電話を切ると、梶に言った。

「抗争になるかもしれないという情報が入りました。すぐに詳しい話を聞いてきたいんですが……」

梶がうなずいた。

「ここはいいよ。行ってきなさい。何かあったら、連絡する」

「すみません」

甘糟は車を降りて、ヤスのもとに急いだ。

17

ヤスは、公園のベンチに座っていた。おそろしく小柄で貧相な男だ。年齢は不詳だ。四十代にも見えるし、六十代にも見える。

いつもベージュのジャンパーを着ている。実際にはそんなことはあり得ないのだが、夏でも冬でもそのジャンパーを着ているような印象があった。

そのときも、やはりベージュのジャンパーだ。

ヤスは、甘糟を見ても身動き一つしなかった。甘糟も、知らんぷりで、ベンチに腰を下ろした。互いに眼を合わさない。

甘糟が、公園の立木を眺めるふりをして言った。

「足立社中の連中が武装してるって?」

ヤスがそっぽを向いたまま手を出した。甘糟は、財布を取り出して、中身を見た。千円札を五枚取り出して、ヤスの手に握らせた。

財布の中がとたんに淋《さび》しくなり、甘糟は泣きたくなった。昨夜の『ジュリア』の料金も自腹だ。そんなものを経費で落としてくれるはずがない。

ヤスは、札を握った手をジャンパーのポケットに入れて言った。

「何でも、若頭直々の指示らしいですぜ」

「紀谷だな？」

　昨日、若頭の紀谷と、若頭補佐の面輪がそろって、午前中から組事務所にやってきた。甘糟はそれを思い出していた。

「なんかね、みんな警戒心丸出しですよ」

「末端の組員まで武装してるって？」

「そういう指示らしいですね」

「多嘉原連合に対抗するため？」

「それ以外、何が考えられるんです？　多嘉原連合は、急速に勢力を拡大した。老舗《しにせ》の足立社中は、窮地に追いやられたけど、進出してきた西の勢力の傘下に入ることで、多嘉原連合と力関係が拮抗《きっこう》するようになりました……」

「あのね、俺もいちおうマル暴なんで、それくらいのことは頭に入ってるんだよ」

「足立社中は、今でも多嘉原連合に対する警戒を怠っていねえんですよ。力が拮抗してるって言ってもですね、それって、微妙なバランスでしてね……」

「だから、そんなことはわかってるって。この地域じゃ、足立社中の対抗組織は多嘉原連合以外にはあり得ない。でもね、今抗争を起こして、誰が得するのさ。足立社中にも、多嘉原連合にもメリットはないはずだよ」

「メリットはねえでしょうね。たしかに連中は、欲得でしか動かねえ。金にならない抗争なんて、おっぱじめやしねえと思うでしょう?」

「そう思うよ」

「でもね、やつらにも面子があるわけですよ。なんせ、多嘉原連合は身内をなぶり殺しにされたんですから」

「面子ねえ……」

これがなかなか面倒くさい。

経済原則だけで動く組織ならば、暴対法は必要ない。

理不尽な暴力を売りにしている組織だから取締が必要なのだ。しかも、彼らは、その暴力を、任俠だ、男気だといったきれい事でカムフラージュしようとする。

面子を大切にするというのも、彼らのきれい事の一つだ。

要するに自意識が肥大しているだけのことなのだが、面子を潰されたと言っては大騒ぎし、恥をかかされたと言っては、また大騒ぎをする。

理性を持った常識人が、とうてい付き合える人々ではないと、甘糟は思っている。

マル暴になってから、彼らに対する評価がどんどん下がっていった。実態が見えてきたからだ。

それまでは、「男を売る稼業」などという言葉を、それなりに信じていたところがあった。今は、まったくの絵空事だと思っている。

もちろん、昔は違ったのだろう。任俠団体もあったのだと思う。その世界に、男の中の男もいたに違いない。また、さまざまな理由で相互援助的な組織を作らざるを得なかったという歴史的背景も理解している。

だが、今現在の暴力団の実態は、昔の任俠団体とは違うと、甘糟は考えていた。

「そう。ガソリンをぶちまけたところで、マッチを擦《す》るようなもんです。ぴりぴりと互いに警戒しているところで、妙な動きをするやつがいたら……」

「ちょっと、待ってよ。それ何のこと？　具体的に聞かせてよ」

ヤスは、また手を出した。

これ以上聞きたければ、さらに金をよこせ、という意味だ。

甘糟はしぶしぶ、また財布を取り出した。一万円札を取り出して言った。

「五千円、お釣りくれる？」

ヤスはちょっと驚いた顔を向けた。

「情報料で釣りを要求されたの、初めてだ……」

「さっき五千円やったろう？　万札しか残ってないんだよ」

「じゃあ、その万札くれりゃあいいじゃないすか」

「いろいろと物入りでさ……。こっちも苦しいんだよ」

「たまげたな……」

ヤスは、一万円札をひったくり、先ほどポケットに入れた五枚の千円札を差し出した。

「それで……？」

甘糟が尋ねると、ヤスは、遠くを見るような眼のまま言った。

「アキラ、知ってんでしょう？」

「もちろん知ってるよ」

「あの殺人事件の被害者って、アキラがかわいがっていたやつなんですって？」

捜査情報をうかつに洩らすわけにはいかない。だが、裏社会の連中は、このくらいのことはすでに知っているに違いないと判断した。だとしたら、今さら知らんぷりをしても仕方がない。

「ああ、そうだ」

「アキラが中心になって、殺《や》ったやつを探してるって話ですね？」

「まあ、当然そうなるだろうな」

「アキラは、犯人の目星をつけたようですね。なんでも、半グレだとか……」

「ああ、そう考えているらしいな」

「その半グレが、足立社中と接触していたらしいという話がありましてね……」

甘糟は、びっくりした。

「何だって？」

「おや、どうやら初耳らしいですね」

「だって……」

甘糟は混乱していた。

半グレのサダオこと滝定夫は、西麻布の『サミーズバー』の常連だった。そして、『サミーズバー』のオーナーは、宇良沢エンタープライズの組員と関係が深いということだった。

宇良沢エンタープライズの社長と、多嘉原連合組長は兄弟分だ。

つまり、『サミーズバー』は、どちらかというと多嘉原連合系だろう。そこの常連である滝定夫が、足立社中の誰かと接触していたというのは、どういうことだろう。

甘糟は、混乱したまま言った。

「そんなはずないよ。その半グレは、どちらかというと、多嘉原連合に近いんじゃないかと思っていたけど……」

「そっちでどんな情報を握っているか知りませんけどね、その半グレ、足立社中の息がかかっているって、アキラに吹き込んだやつがいるようですね」

甘糟は、またしても驚いてしまった。

「ああ、訳がわからない。どこの誰だか知らないけれど、何でそんなことするわけ？」

「その半グレ、本当に足立社中の息がかかっていたんじゃねえですか？」

どうだろう。

そんなこと、どこの誰に確認すればいいんだろう。

頭に浮かんだのは『サミーズバー』の坂田店長だった。

甘糟が黙って考えていると、ヤスがさらにつぶやいた。

「……でなければ、アキラに耳打ちしたやつは、足立社中と多嘉原連合が抗争することを望んでいるんでしょうね……」

ヤスが立ち上がって、歩き去る。

甘糟は、頭の中の整理がつかないまま、しばらく呆然《ぼうぜん》とベンチに腰かけていた。


甘糟が車に戻ると、梶がすぐに質問した。

「何かわかったのか？」

「足立社中が武装を始めたというんです。若頭の紀谷が直々に指示したということです。多嘉原連合に対抗してのことでしょう」

「小康状態が続いていたんだろう？　どうしてそんなことになったんだ？」

「アキラの動きが足立社中を刺激したようです。そこからがよくわからないんですが……」

「よくわからない……？」

「滝定夫に足立社中の息がかかっていると、アキラに吹き込んだやつがいるというんです」

「それじゃあ、滝定夫は、足立社中の命令で東山源一を殺害したということになってしまうな」

「でも、『サミーズバー』店長の坂田によると、滝定夫は誰かにはめられたんだと言ってました。自分も、そうだと思います。だから、訳がわからなくなって……」

「誰かが、そういう絵を描いたということだろう」

「でも、いったい誰が、何のために……。足立社中と多嘉原連合が抗争を始めて、得するやつなんていないはずです」

「いないわけではないだろう。抗争となれば、双方に被害が出る。金もかかるだろう。つまり、足立社中、多嘉原連合双方が弱体化するわけだ。そういう状況を虎視《こし》眈々《たんたん》と狙っている勢力だってあるはずだ」

　甘糟は考えた。

「このあたりに進出を考えている勢力があるなんて情報は、入手していませんよ。そういう連中がいるなら、必ず自分らの情報網にひっかかるはずなんです」

梶が考え込んだ。

「今の話を、郡原に伝えるべきじゃないのか？　彼なら、どういうことなのか説明できるかもしれない」

甘糟は、この言葉も意外に思った。

梶が郡原を頼りにしているということだ。甘糟は、恐る恐る尋ねてみた。

「あのお……。梶さんは、郡原さんを認めていなかったんじゃないのですか？」

「どうしてそんなことを訊くんだ？」

「二人が会った当初、ずいぶんとやり合っていましたから……」

梶が苦笑を浮かべた。

「郡原が、私のことを試していたんだよ。いっしょに仕事をするに値するかどうかを、見極めようとしていたんだ」

「試していた……？」

「そして、どうやら私は合格したようだね。彼は私のことを信頼することに決めたようだ。だから、私も彼を信頼することにした。郡原は、仕事ができるかどうかで、人を評価するところがあるようだな」

「ああ、それで自分は、よく叱られるんですね……」

「いい相棒を持ったな。郡原に仕込まれれば、間違いなくいい刑事になれる」

「ついていければ、ですけどね」

「自分では気づいていないようだがね、君は、かなり優秀なマル暴刑事だよ」

甘糟は、その言葉にすっかり驚いてしまった。

「そんなことを言われたのは初めてです。自分は、マルBなんて連中は大の苦手なんです。仕事でなければ、絶対に近づきたくないです」

「だが、立派に仕事をこなしている。自信を持っていいと思う」

「いや、とても自信なんて持てません。どうして自分が、マル暴に配属になったのか、いまだに謎なんです。すぐにでもどこか別の部署に異動になりたいです」

「そんな君でも、ちゃんと働けているのは、郡原のおかげかな……」

「はあ……」

「早く連絡したほうがいい」

「あ、そうですね」

甘糟は、電話を取り出して、郡原にかけた。

「何だ？」

不機嫌そうな声だ。いつものことだが、つい、甘糟は緊張してしまう。

「あの、今情報屋から話を聞いてきたんですが、足立社中が抗争の準備を始めているようなんです」

舌打ちが聞こえた。

「なんでそんなことになってるんだ？」

甘糟は、ヤスから聞いた話をかいつまんで説明した。

郡原は、うなった。

「サダオに足立社中の息がかかっていただと？　そんなこと、あるはずがねえ。俺が思うに、あいつは、シロなんだ」

「自分もそう思います。問題は、そうアキラに吹き込んだやつがいるということで……」

「そんなことはわかってるよ。どうも気に入らねえな……」

「いったい、誰がどんな目的でそんなことをしたのか、見当がつかないんです」

「ふん……」

郡原は鼻で笑っただけで何も言わなかった。彼にもわからないのだ。

甘糟は言った。

「梶さんとも話したんですけど、今、足立社中と多嘉原連合が抗争を起こして、得するやつなんて誰もいないはずなんです」

しばらく無言の間があった。

やがて、郡原は言った。

「事務所の様子はどうなんだ？」

「今のところ、静かです」

「こっちも動きはない。事務所の監視は、うちのマル暴の別なやつに頼もう。俺が係長に連絡しておく。抗争事件となれば、うちの係だけじゃなく、警視庁本部の組対も動くだろう」

「自分らはどうするんですか？」

「とりあえず、いったん捜査本部に引きあげよう。対策を練らなきゃならねえ」

「わかりました」

「おう、その情報、マブなんだろうな？」

「一万円取られました」

電話が切れた。

情報屋に渡す金額によって、情報の真偽をある程度量ることができる。郡原は、本物だと判断したのだ。

電話をしまうと、甘糟は梶に言った。

「いったん、捜査本部に戻ることにします。ここや足立社中の監視は、うちの暴対係が担当することになるでしょう」

「まあ、抗争事件となれば、殺人の捜査本部ではまかないきれないからな……」

「本部の組対も動くだろうと、郡原さんは言ってました」

「殺人の捜査と、組対の兼ね合いが微妙になってくるな」

「面倒ですね」

「だいじょうぶだ。そのために、刑事総務課があるんだ」

なるほど、管理部門も場合によっては頼もしいということだ。

甘糟は、車を出した。

18

捜査本部に戻ったのは正午近くだった。郡原と遠藤はすでに戻っていた。

甘糟を見ると、郡原が命じた。

「おう、弁当を四つ持って来てくれ」

それから郡原は、梶を見て言った。「おっと、甘糟はあんたの相棒だったな」

梶は苦笑した。

「もう、そんなことを気にしちゃいないよ」

甘糟は、捜査本部用に用意された仕出し弁当を四つ確保した。

長テーブルを二つ合わせて、それを挟んで四人が座った。弁当を食べながら話をしようということだ。

郡原と遠藤が並んで座り、その向かい側に甘糟と梶が並んだ。

甘糟はこれまで、業者が警察署に持ってくる弁当を食べて、まずいと思ったことがない。甘糟にとって弁当は、豪華かそうでないかの違いがあるだけだ。

今日の弁当は、そこそこのランクだ。メインは銀ダラの西京焼きだ。つゆで煮たタマネギの天ぷらが絶妙だ。

郡原が、むしゃむしゃと頰張りながら言った。

「考えたんだがな……。たしかに、甘糟が言うとおり、今足立社中と多嘉原連合が事を構えても、得するやつはいない」

甘糟は卵焼きを食べながらうなずいた。

「だが……」

郡原の話が続いた。「得するやつはいないが、身を守れるやつはいる」

梶が尋ねた。

「どういうことだね？」

「アキラがゲンを殺したやつを必死で探している。このままじゃ、いずれ捕まってさんざんいたぶられた後に殺されちまうかもしれねえ」

「アキラは、滝定夫が犯人だと思って、行方《ゆくえ》を追っているんだろう？」

「それも、真犯人の思う壺《つぼ》ってやつなんじゃねえのか？　つまり、真犯人は、自分が助かるために、犯人はサダオだとアキラに思い込ませ、警察にもそう思わせようとした……」

甘糟は、タマネギの天ぷらの残りを口に入れ、じっくりと味わいながら言った。

「その真犯人って、本当に足立社中のやつなんじゃないでしょうか」

郡原が言う。

「ばかかおめえ」

「わあ、すいません」

「もしそうなら、なんで、サダオが足立社中のやつらと縁がある、なんてアキラに吹き込む必要があるんだ」

「そうですよね……」

　梶が言う。

「……ということは、少なくとも犯人は足立社中のやつらじゃないということだね」

　郡原がうなずいた。

「足立社中は、アキラの動きに過敏に反応しただけだろう。やつらにとって、ゲンを殺したやつが、自分らの関係者だなんて、寝耳に水の話に違いない」

「痛くもない腹を探られているということかね？」

「そういうことになるな。そして、やつらはそんなことをされると、腹を立ててこう思うわけだ。イチャモンをつけてんじゃねえか、ってな……」

　梶が考え込んだ。

「犯人像がわからなくなってきた……」

　甘糟は、いよいよメインの銀ダラの西京焼きに箸をつけながら言った。

「足立社中でもない、もちろん多嘉原連合でもない……。とすると、やっぱり半グレなんじゃないですかね。もともと、半グレの手口と見られていたわけでしょう。サダオと対立している半グレだっているはずですし……」

郡原が言った。

「それについては、もう話をしたよな。半グレなんかに、車検の改竄はできねえだろうって……」

そのとき、遠藤がぽつりと言った。

「警察官なら、何とかなるかもしれませんよね」

甘糟は箸を止めて遠藤を見つめた。郡原と梶も同様だった。

遠藤は、大量の飯を口に入れ、みんなの視線に気づいて、むせそうになった。

「え、自分、何か変なこと言いましたか？」

梶が言った。

「変なことじゃなくて、いいことを言ったんだよ」

郡原が甘糟に言った。

「地域課の富永のこと、洗ってみたか？」

「あ、いや、すいません。まだです」

「じゃあ、そっちは俺がやっておく。富永と運輸支局や登録代行センターなんかが繋《つな》がれば、ばっちりだな」

甘糟が言った。

「富永と『ジュリア』の駒田が繋がっていて、富永からの情報が、駒田経由でアキラに渡った……。もしかしたら、サダオが足立社中と関係していると、アキラに吹き込んだのは富永の可能性もありますね……」

梶が目をぱちくりさせた。

「現職の警察官が、暴力団の抗争を画策しているというのかね」

郡原が言った。

「別に不思議はねえな。今のマルBに仁義もへったくれもねえのと同じで、恥を知らない警察官だっているさ。問題は、だ……」

郡原の表情が暗くなった。「もし、アキラにサダオと足立社中の件を吹き込んだのが、富永だとしたら、ゲンを殺したのもやつだということになる」

甘糟は驚いて言った。

「それは飛躍しすぎじゃないですか？」

「おまえの頭は飾りか？　サダオに足立社中の息がかかっている、なんて嘘を、アキラに吹き込む理由は何だと思う？」

甘糟は、必死で頭を働かせた。

「アキラにサダオを消させるためですか？」

「そういうことだ。本ボシは、サダオに罪を着せようとして、車検の登録情報に手を加えた。おそらくアキラがそのことに気づいたんだろう」

「あ、それ、自分がアキラに言いました」

「サダオが犯人だということを、アキラが疑いはじめたんだ。だから、犯人はもう一押しする必要があった。それで、サダオに足立社中が接触しているという話を吹き込んだわけだ。すると、足立社中の目論見《もくろみ》で、サダオがゲンを殺害したという絵柄ができあがる」

「アキラは、それを確かめようと、サダオを追っているわけですね？」

「そう。その動きを察知して、足立社中の若頭が過剰反応したってところだろう」

遠藤がつぶやいた。

「ややっこしいな……。よくわからないんですけど……」

梶が言った。

「要するに、犯人は、あくまでも滝定夫に罪を着せたいわけだ。その嘘がばれかけたので、さらに嘘を重ねたということだ」

「はあ、なるほど……」

梶が郡原に言った。

「……となると、やはり富永が怪しいということになるね……」

「捜査本部の連中は、まだ気づいていないのか？」

「そういう話は出ていないようだね」

「管理官の耳に入れておいたほうがよくねえか？　いずれ富永はあぶり出されてくるだろう。そのときになって、実は知ってましたじゃ、恰好がつかねえ」

梶がうなずいた。

「わかった。私から話しておくよ」

甘糟は、弁当を食べ終わり、容器を片づけながら言った。

「これから、どうします？」

「足立社中や多嘉原連合の組事務所については、うちの係長に任せるとしよう。おまえは、『ジュリア』の駒田に張り付け」

「え、駒田ですか？」

「駒田は、ただのメッセンジャー程度の役割かもしれねえが、今のところアキラと富永を結ぶキーパーソンだ」

「わかりました」

「おい、遠藤。富永の人事記録を入手しておけ」

「人事記録ですか……？」

「本部のデカなんだから、人事二課に伝手《つて》くらいあるんだろう」

梶が、そっと甘糟に言った。

「やっぱり、郡原は、いい教育係だ」

梶が管理官のところに行くというので、甘糟はついて行くことにした。

管理官が梶を見て言った。

「何だ？　何か用か？」

うわあ、機嫌が悪そうだ。容疑者として追っていた滝定夫が、どうやら濡《ぬ》れ衣《ぎぬ》を着せられたらしいという話になりつつあり、苛立《いらだ》っているのだろう。

梶は、平然と言った。

「足立社中と多嘉原連合の関係が、何やらきな臭くなってきたということです」

「何だそれは……」

「抗争に発展しかねないと、マル暴たちが言っています」

「抗争だと？　それはマル暴の仕事だろう。俺たちと何の関係がある？」

「殺害されたのは、多嘉原連合の組員です。無関係なはずがありません。だからこそ、捜査本部にマル暴を呼んだのでしょう？」

「この殺人がきっかけで抗争事件に発展するとでも言いたいのか？」

「その恐れもあります」

管理官は、一瞬だけ考えてから言った。

「話を聞こう」

「滝定夫に罪を着せようとした者が犯人であることは疑いがありません」

「そんなことはわかっている」

「それは、おそらく車検の登録情報を改竄できる伝手がある人物だと思われます」

「ああ、そっちもちゃんと洗っているよ」

「多嘉原連合組員の唐津晃は、かわいがっていた東山源一が殺害されたことに腹を立て、独自に犯人を探しはじめました。そして、滝定夫のことを嗅ぎつけたのです」

「西麻布の『サミーズバー』に、君たちが乗り込んだことで、それもよくわかった」

「我々は、唐津晃が、どこからその情報を入手したかを疑問に思いました」

「蛇の道は蛇ってやつじゃないのか？」

「たしかに、裏社会の連中の情報網はあなどれないようです。しかし、いくらなんでも、捜査本部で入手できたばかりの情報を、暴力団員が嗅ぎつけられるものでしょうか」

管理官は、思案顔になった。

「何が言いたい?」

「警察内部に内通者がいる可能性があると、我々は考えております」

「内通者だと……?」

「綾瀬駅近くに『ジュリア』という店があります。この甘糟君が内偵をした結果、その店に、この北綾瀬署地域課勤務の富永和樹という署員が通い詰めていることがわかりました」

「どうしてその『ジュリア』という店の内偵なんかしていたんだ?」

「滝定夫を追っている唐津晃が面倒を見ている準構成員に、駒田譲という者がおります。その駒田が、『ジュリア』という飲食店の従業員なのです」

「つまり、その駒田という人物を通じて、富永和樹から唐津晃に情報が流れたというのか?」

「さらに、警察官である富永なら、車検の情報を改竄する伝手もあるのではないかと、我々は考えております」

それまで背もたれに体を預けていた管理官が、身を乗り出した。

「つまり、その富永という署員が本ボシというわけか?」

梶はかぶりを振った。

「それはまだわかりません。ただ、何らかの事情を知っているのではないかと推量されます」

「すぐにその富永を呼んで、事情を聞こう」

「いえ、現段階ではシラを切られたらお終《しま》いです。なにせ、我々がつかんでいる事実は、富永が『ジュリア』の常連だということだけなのです」

「ではどうする?」

「今、北綾瀬署の郡原とうちの遠藤が、富永を洗っています。何か尻尾を出すかもしれません」

「悠長だな……」

「泳がせることも大切だと思います」

管理官は、またしばらく考えていた。

梶は、さらに言った。

「何者かが唐津晃に、滝定夫には足立社中の息がかかっていると伝えたようなのです」

「それも、富永だというのか?」

「その可能性は否定できないと思います」

「何のためにそんなことを……」

「この甘糟が、唐津晃と接触して、車検情報が改竄されていたらしいと告げました。

それで、唐津晃が、滝定夫が犯人であることを疑いはじめたのだと思われます。真犯人としては、あくまでも滝定夫に犯人になってもらわなければなりません」

「わからんな……」

管理官が首を傾《かし》げた。「どうして、足立社中と関係があるだけで、犯人ということになっちまうんだ？」

梶が甘糟を見た。説明しろということだ。

甘糟は、慌てて発言した。

「あのですね……。ええと……、東山源一殺害の犯人が、ただの半グレや一般人だとしたら、唐津晃の裁量で片づけられますが、もし、犯人が対抗組織の足立社中の関係者だということになれば、唐津晃個人の問題ではなく、多嘉原連合全体の問題になっちゃうわけです。今は、唐津晃がほぼ一人で動き回っているような状態ですが、もし、犯人が足立社中の関係者ということになったら、多嘉原連合全体が動きはじめることになります」

「それが、真犯人にとってどういう意味があるんだ？」

「唐津晃も、多嘉原連合の一員として、足立社中への対応に追われることになります。つまり、唐津晃が本ボシに迫る恐れがなくなるということです。もしかしたら、滝定夫を始末することで手打ちに持ち込むかもしれません。そうなれば、本ボシは安泰です」

しゃべりながら、ようやく頭の中で、ややこしい構図がまとまりを見せはじめた。誰かに説明することで、頭の中を整理できることが、たまにある。

管理官はうなずいた。

「わかった。それで、君たちは今何を追っている？」

梶がこたえた。

「『ジュリア』の駒田に張り付きます。富永と唐津晃の間にいるのが駒田だと思われますので……」

「増員が必要か？」

梶が、再び甘糟を見た。

甘糟はこたえた。

「駒田のほうはだいじょうぶだと思います。気になるのは、唐津晃です」

「わかった。手配しよう。抗争のほうは、だいじょうぶなのか？」

「ええと、そっちは、うちの係長に任せることになっています。本部の組対も動くかもしれません」

「殺人の捜査を組対に引っかき回されちゃたまらんぞ」

梶が言った。

「そのへんの情報整理が必要だと思います」

管理官が溜め息をついた。

「また、俺の仕事が増えるというわけだ。話はわかった。課長にも報告しておく」

梶が礼をした。甘糟は、慌ててそれにならった。


甘糟と梶は、捜査車両で移動して、駒田が住むアパートの前にやってきた。

駒田の住所は、生安課から入手できた。

足立区中央本町一丁目。近くにタクシー会社がある。古いアパートで、なるほど家賃が安そうだ。

そして、本人が言ったとおり、足立社中の事務所から、それほど離れていなかった。

梶が時計を見て言った。

「午後一時半か……。まだ寝てるかもしれないな」

「そうですね……」

甘糟は、まだ管理官と直接話をした緊張から解放されていなかった。

我ながら、無難な応対だったと思う。多嘉原連合と足立社中についての情報ならば、任務でいつも接しているので、ちゃんと説明できたはずだ。

徐々に緊張が解けてくると、今度は睡魔が襲ってきた。昼食後の張り込みはヤバイ。


何とか意識を保とうと思うのだが、つい、夢の世界に行きそうになる。

それを救ってくれたのは、携帯電話の振動だった。

甘糟は、ワイシャツのポケットから携帯電話を取り出した。

アキラからだった。いっぺんに目が覚めた。

「アキラか？　今、どこにいる？」

電話に向かってそう言うと、助手席の梶が、はっと甘糟のほうを見た。

「甘糟さん、あんたと話がしたいんだ」

「何の話だ？」

「会ってから話すよ」

「俺一人で、のこのこ会いに行くと思う？」

今や、何人もの捜査員があんたを追ってるんだよ。

そう言いかけて、言葉を呑《の》み込んだ。捜査情報を教えてやることはない。

「あんたなら来てくれるんじゃないかと思ってな……」

「冗談言わないでよ。俺、マル暴だよ。刑事なんだよ」

「言っただろう。あんたと話していると、刑事だってことを忘れちまうって……。

午後七時に、西麻布の『サミーズバー』でどうだ？」

「勝手に決めないでよ。俺が行くときは、他の刑事がいっぱいついて行くよ」

「そういうことがないように、あんたに電話したんだけどな……」

「俺、ちゃんと仕事するからね。見くびらないでよね」

「事務所の前で張り込まれたりしちゃ、身動きが取れないんだよ」

「身動き取れないようにしてるんだよ」

「ええと、こういうのはどうだ？」

「何だよ」

「俺、これから『サミーズバー』の店長を人質《ひとじち》に取るからさ。助けたかったら、あんた一人で来な」

甘糟は、仰天した。

アキラのようなやつらは、やると言ったら本当にやる。世間の常識が通用する連中ではないのだ。

「そんなことしたら、逮捕監禁の罪で、即逮捕だよ。現行犯逮捕されたら、あんた、ゲンの仇討《かたきう》ちどころじゃなくなるよ」

「仇討ちを認めてくれねえくせに……」

「そりゃ、まあ、そうだけど……」

「じゃあ、午後七時に『サミーズバー』で……」

「いや、あの……」

電話が切れた。

梶が尋ねた。

「どうした？」

甘糟は、今の電話の内容を伝えた。

テレビドラマなんかでいつも不思議に思うのは、登場人物が何かの問題に直面したとき、たった一人で抱え込んで、かえって問題を大きくすることだ。

そうでないと、ドラマが成立しないのかもしれないが、そんなドラマにリアリティーがあるはずがない。

甘糟は、絶対に単独行動などしないし、一人で勝手に判断などしない。

話を聞き終わった梶が言った。

「それで、どうするつもりだ？」

「どうしたらいいでしょう」

わからないときは、他人に振ることだ。

梶は考え込んだ。

「うーん。私には現場の判断はつかないな。郡原に相談したらどうだ」

「そうですね」

甘糟が電話をかけようとしたとき、梶が言った。

「駒田が出てきたぞ」

甘糟は、顔を上げてフロントガラス越しにアパートのほうを見た。

ジャージ姿の駒田が出てきた。近所に買い物にでも出かけるのだろう。

「車を出します」

徒歩の対象者を車で尾行するのは、極めて困難だ。

徒歩だと、逆一通の道や、車の入れない細い路地を平気で進んでいく。そういう場合、どこに出てくるかを予測して、先回りをするしかない。

いちおう、甘糟はそのような場合の訓練も受けている。だが、自信はなかった。

「いや、車は私が引き受ける。誰かと接触するかもしれないから、徒歩で尾行してくれ」

なるほど、それが合理的かもしれない。様子を見つつ、携帯電話で、車を誘導すればいいのだ。

「じゃあ、行きます」

甘糟は運転席から下りた。

アキラの件、早く郡原に相談しなけりゃな……。

そう思いながら、駒田の尾行を始めた。

19

駒田は、五分ほど歩いて「つけ麵《めん》」という看板が出ている店に入った。足立区役所の近くだ。

時計を見ると、もうじき二時だ。遅い昼食でもとるのだろう。彼らの生活パターンを考えると、起きたばかりで、今日最初の食事かもしれない。

甘糟は、梶に電話した。

「梶だ。どこだ?」

甘糟は、こたえた。

「足立区役所のそばです。区役所から見て北東の方角にある、路地の交差点。その近くにある『つけ麵』という看板がある飲食店に入りました」

「近くに駐車できる場所はあるか?」

「道が細いですが、なんとか路上駐車はできると思います。ただ、駐車していると眼につきますね」

「わかった。今アパートから少し移動したところに駐車して待機している。移動があったら、知らせてくれ」

「了解」

「店の中の様子はわかるか？」

「いえ、外からは確認できません」

「誰かと接触している可能性はあるか？」

「えーと、誰かが先に来て駒田を待っていたかもしれないですし、これから誰かが会いに来るかもしれません。いずれにしろ、中の様子がわからないので、駒田が一人なのかそうでないのかは確認できません」

しゃべりながら、なんか俺、すごくあたりまえのことを報告しているな、と感じていた。

相手が郡原なら叱《しか》られていたかもしれない。

梶が言った。

「わかった。しばらく様子を見るしかないな。張り込んでくれ」

「了解しました」

路上の張り込みにも慣れている。甘糟は、路地の角に陣取って、飲食店の出入り口を見張った。

アキラからの電話のことが気になっていた。早く郡原に電話して、どうしたらいいか訊きたかった。

食事をしているのなら、駒田は、十五分か二十分は出てこないだろう。

今が電話をするチャンスかもしれない。

甘糟は、携帯を取り出し、郡原にかけた。

「はい、郡原」

「甘糟です」

「わかってるよ、そんなこたあ。何の用だ？」

のっけからこうだ。つい、緊張してしまう。なかなか慣れない。いや、多分永遠に慣れることはないだろう。

「アキラから自分の携帯に電話がありました」

「ほう……。何と言ってきた？」

甘糟は、アキラに言われたことを、そのまま伝えた。

聞き終わると、郡原は言った。

「店長を人質に取るだって？　ふざけたこと言いやがって……」

「本気ですかね？」

「本気なわけねえだろう。おまえをびびらせてるだけだ。本当にそんなことやりやがったら、ただじゃおかねえ」

アキラより郡原のほうが怖いな……。甘糟は、密《ひそ》かにそんなことを思っていた。

「どうしたらいいでしょう？」

「話を聞くしかねえだろう」

「捜査本部に知らせるべきですよね」

「そこが難しいところだよなあ……」

「管理官にアキラを手配するように頼んじゃったんですよ。今、捜査本部はアキラを追っているんです」

「張り付いてるのか？」

「いえ、それはまだだと思います。なんせ、自分らもアキラの所在を確認できなかったんですから……」

無言の間があった。考えているのだろう。

甘糟は、郡原の言葉を待つことにした。やがて彼は言った。

「おまえ一人で会いに行け」

甘糟はうろたえた。

「え……？　一人で、ですか？」

「アキラのご指名なんだ。それにこたえてやらなきゃな」

「捜査本部に知らせていいですよね……」

「そんなことをしたら、アキラの身柄《ガラ》を取られちまうぞ」

「いいじゃないですか。どうせアキラを探していたんだし……」

「ばかか、おまえ」

「あ、すいません……」

「いいか？　今アキラの身柄を押さえちまったら、富永との繋がりを証明できねえじゃねえか。アキラは口を割らないだろうし、富永は、ほおっかむりだよ。つまりだな、滝定夫を犯人に仕立て上げようとしているやつが誰なのか、突き止められなくなるということだ」

「それを管理官に話したらどうです？」

「管理官が、こちらの言い分を聞いてくれればいいが、もしそうでなかったらどうする？　正攻法でアキラの身柄を押さえ、富永にも任意で事情を聞く……。そんなことになったらぶち壊しだ」

「でも、それが正当な捜査でしょう」

「正攻法で何もかもうまくいけば、苦労はしねえよ。いいか、マル暴にはマル暴のやり方がある。アキラがおまえに電話をしてきたってことは、もしかしたら、おまえは信頼されているのかもしれない」

「いや、ただなめられているだけだと思いますけど……」

「いいから、とにかく話を聞いて来い。マル暴はな、人と人の交わりがすべてだ」

電話が切れた。

甘糟は、郡原の最後の一言に、なぜかちょっと感動していた。

電話をしまったとき、店から男が出てくるのが見えた。

まだ若い男だ。年齢は、二十代後半だろう。いっちょまえに、白いスーツで決めている。

ノーネクタイだ。紫色のシャツが、ものすごく下品だ。

記憶を探ったが知らない顔だった。見たところマルBに間違いなさそうだ。このあたりにいるやつなら、甘糟が知らないはずはなかった。

いや、どこの組織も常に新人を募集中だ。新顔をすべて把握しているわけではない。

どこかの組のニューフェイスかもしれない。

駒田はまだ出てこない。

今出てきた男がマルBだとすれば、店内で駒田と接触をしていた可能性が高い。

もし、そうだとしたら駒田よりも、この男を尾行して素性をつかむほうが重要だ。

甘糟は、そう判断して、マルB風の若い男の尾行を開始した。

梶に電話をして、その旨を報告すると、梶が言った。

「マル対は、徒歩で移動しているのか？」

甘糟は、声をひそめてこたえた。

「今のところは、徒歩です」

「了解した。車が必要になったら、すぐに連絡してくれ。私はアパートの前に戻って、駒田の戻りを待つ」

「わかりました」

若者が歩く速度は速かった。マルBはたいてい早足だ。周囲を警戒する様子はないので、尾行は比較的楽だった。

「あれ……」

甘糟は、思わず小さな声でつぶやいていた。いつしか見覚えのある地域にやってきていた。

え、あいつって……。

その男は、真っ直ぐに足立社中の事務所に向かった。

そして、門をくぐり、出入り口のドアを開けて中に入った。

その若者は、足立社中の構成員か準構成員ということだ。

甘糟は、混乱しつつ、しばらく様子を見ていた。若者が出てくる様子はない。首を捻《ひね》りながら、徒歩で梶が乗っている車のところまで戻った。

「つい今しがた駒田がアパートに戻って来た。そっちのマル対はどうだった？」

「そいつ、足立社中の事務所に入っていったんです」

「足立社中の組員ということか？」

「組員か半ゲソでしょうね。でないと、警戒厳重な組事務所に入っていけないでしょうから……」

「つけ麺屋で、その人物と駒田が接触したということだな？」

「たまたま居合わせただけかもしれませんが……」

「接触したと考えるべきだろうな。その人物が先に店にいたということだろう？」

「そうですね」

「店から駒田を呼び出した、という可能性もあるな」

「でも、駒田はアキラの手下みたいなもんなんですよ。つまり、多嘉原連合の半ゲソってことです。それが、足立社中の若いのと接触してたって、どういうことでしょう……」

「私に訊かれてもわからないね。そっちの専門だろう」

「うーん……。自分らの常識じゃ、ちょっと考えられないですね……」

「君らの常識って、マル暴の常識ってことかね？」

「ええ、そうです」

「私は、マル暴の経験はないが、対立する暴力団同士がこっそりと接触をするのが、

「妙なことだということはわかる」

「しかも、今は足立社中が多嘉原連合相手にぴりぴりしているんです。一触即発と言っても大げさじゃないんです。そんなときに、接触するなんて……」

「たしかに妙だ。考えてもわかりそうにないことは、本人に直接訊けばいいんじゃないか?」

甘糟は、しばらく考えてから言った。

「えーと、へたに駒田に触ったりしたら、郡原さんに何を言われるか……」

「そうだな……。取りあえず、郡原たちと相談したほうがいいな……」

「電話してみます」

甘糟は、携帯電話で郡原にかけた。

「何の用だ?」

「ひゃあ……。すいません」

「妙な声を出してないで、要件を言え」

「駒田が、足立社中の組員か半ゲソらしい男と接触したようなんです」

「らしい、とか、ようだ、とか、まったく……。もっと確実なことを報告できねえのか」

「すいません、すいません」

「どういう状況だったんだ？」

甘糟は説明した。

話を聞き終わると、郡原が言った。

「たしかにそいつは、妙な話だ」

「そうですよね……。どういうことなんでしょう……」

「しばらく張り付いて、様子を見るしかねえな……」

「梶さんは、本人に訊いてみたらどうかって言うんですが……」

しばらく無言の間がある。

「それも一つの手だな……。よし、おまえ、今夜も『ジュリア』に行ってこい。そして、駒田にそれとなく訊いてみるんだ。どうせ、本当のことは言わねえだろうが、態度を見ればだいたいのことはわかるだろう」

「『ジュリア』ですか……。えーと、あまり金がないんですけど……」

「何とかしろ」

甘糟は泣きたい気分になりながら言った。

「それに、自分、夜の七時に、アキラに会うために、西麻布の『サミーズバー』に行かなきゃならないんです」

「それがどうした？　アキラと話をするのに、二時間も三時間も必要なわけじゃねえだろう。西麻布から綾瀬に戻ってきて、『ジュリア』に行けばいい。なんせ、おまえ、アキラにも駒田にも気に入られているようだからなあ」

「いえ、だから、なめられているだけですって。あの……」

「何だ？」

「『ジュリア』、郡原さんが行きませんか？」

「ふん、俺は別に駒田からサービスされるわけじゃねえしなあ……」

まんざらでもなさそうだ。

「駒田に、自分から言っておきますよ」

「てめえ、自分の仕事を俺に振ろうってのか？」

「あ、いや、そういうわけじゃ……。郡原さんにもいい思いをしてもらおうと思いまして……」

「ふん、その手に乗るかよ。いいか、アキラからも駒田からも、きっちり何かを聞き出せよ」

電話が切れた。

梶が、甘糟に尋ねる。

「郡原は、何と言っていた？」

「今夜『ジュリア』に行って、それとなく駒田に訊いてみろって……」

「それとなく、ね……」

「参りましたよ……。二日続けてキャバクラに行くなんて、そんな金ないのに……」

「まあ、そうだろうなあ」

「いくら捜査の一環だからって、経費じゃ落ちませんしね……」

「わかった。いっしょに行って私が払おう」

「え……？」

「まあ、私も懐具合は決して楽じゃないが、キャバクラ代くらいは払えると思うよ」

なんていい人なんだ。

甘糟は感動していた。

会ったばかりのときは、スクエアで取っつきにくい人だと思っていた。やっぱり、人は付き合ってみなければわからないものだ。

「いいんですか？」

「ああ、キャバクラに興味もあるしね。君が西麻布でアキラに会っている間は、私一人で駒田を張ろう。『ジュリア』に向かうときに連絡をくれ」

この人は、仏様じゃないだろうか。甘糟は思わず手を合わせそうになった。

午後六時に梶と別れて西麻布に向かった。

アキラはいったい何を話そうというのだろう。一人で『サミーズバー』に乗り込むのは心細い。向こうが一人とは限らない。もしかしたら、組員たちに囲まれるかもしれない。

うわあ、そんなことになったらどうしよう。脅されたら、何でもしゃべってしまいそうだ。

このまま、引き返したくなった。だが、そんなことをしたら、今度は郡原に何を言われるかわからない。

アキラに会っても、脅されるとは限らない。だが、アキラに会わずに戻ったら、確実に郡原にどやされる。

『サミーズバー』に行くしかなさそうだ。

嫌だなあ。どうして俺はマル暴なんかに配属されたんだろう。

いくら刑事だからって、暴力団員に呼び出されて会いに行くのは恐ろしい。

ああ、本当に嫌だなあ……。

そんなことを心の中でつぶやいているうちに、やがて電車は乃木坂《のぎざか》駅に着いた。

綾瀬からだと、千代田線で乃木坂まで行くのが一番便利だ。

そこから徒歩で西麻布の交差点を目指す。歩くと十五分ほどかかるが、警察官にとってはどうということのない距離だ。

『サミーズバー』が入っているビルの前まで来ると、なぜか落ち着いてきた。もう、どうにでもなれという気分だった。

郡原も梶も、甘糟がここに来ることを知っている。もし、甘糟に何かあって、連絡が取れなくなったら、即座に動いてくれるに違いない。

郡原を信じるしかない。

いや、待てよ。本当に郡原を信じていいのだろうか。郡原は、平気で甘糟を見捨てるのではないか……。

そう思ったとたん、足が止まった。

いやいや、まさか、そんな……。

結局、郡原を信じ切れなかったが、ここまで来たのだから前に進むしかない。ビルの出入り口で、甘糟はもう一度立ち止まり、周囲を見回した。

捜査員に呼び止められるようなことはなかった。もう、捜査本部の係員たちは張り付いていないようだ。

エレベーターに乗り、『サミーズバー』の階までやってくる。ドアの前に立ち、一つ深呼吸をしてからチャイムを鳴らした。

ドアがすぐに開いて、店長の坂田が顔を出した。

「本当に来たんだな」

「話があるなんて言われたらね。アキラ、いるんだろう？」

「お待ちかねだよ」

アキラはカウンターのスツールに腰かけていた。

「よお、一人かい？」

「そうだよ」

「外にお仲間は？」

「いないよ。捜査本部には言わずに来た」

アキラは、満足げにほほえんだ。

「あんたは、誠意を見せてくれると思ったよ」

「誠意の問題じゃない。マル暴にはマル暴のやり方があるんだ」

郡原の受け売りだ。

「なるほど……」

「それで、話ってのは何？」

「あんたに言われたことを、いろいろと考えてみたよ」

「俺に言われたこと……？」

「ああ。あんたは、俺にこう訊いたんだ。もし俺が、誰かを監禁していたとしたら、わざわざ外に連れだして痛めつけたりするかってな」

「そんなこと、言ったかもね」

「それにな、車の持ち主が判明するのに二日かかったってのが妙だって話。それも考えてみた」

「それで……?」

アキラは、質問にこたえずに言った。

「おい、出てこいよ」

店の奥から一人の若者が現れた。

アキラが言った。

「紹介しよう。滝定夫だ」

20

「滝定夫……」

甘糟は驚いてつぶやいた。

捜査本部が必死で行方を追っている人物だ。現場近くの防犯カメラに映っていた車の持ち主……。

アキラが言った。

「彼には、いろいろと話を聞かせてもらったよ」

「前にも言ったよね。仇討《かたきう》ちだのリンチだのってのは、れっきとした犯罪なんだよ。つーか、ここに彼を軟禁しているんだとしたら、逮捕・監禁の罪になる」

「人聞きの悪いこと言うなよ。軟禁なんてしてねえよ。ただ、この先はどういうことになるかわからない。甘糟さんが何を話してくれるかによるな……」

「何が訊きたいのさ」

「警察は、まだ滝を追っているんだな？」

「捜査情報は洩らせないんだって、何回言えばわかるんだ？」

「なあ、一人でここに来たからには、それなりの覚悟はしてきてるんだろう？」

「どういう意味だよ」

「つまりさ、男と男が腹を割って話すってことだ」

「腹を割って話をして、クビになるんじゃ合わないよ」

「あんたがしゃべったってことは、絶対に外には洩れないよ」

「そういう問題じゃないんだ。俺、マル暴だよ。あんたたちに捜査情報をしゃべること自体が問題なんだよ。それって、絶対に許されないことなんだ」

「そういうのって、さじ加減なんじゃねえか？」

「何だよ、さじ加減って……」

「俺たちから何かを聞き出そうとするなら、そっちからも多少は話をしてもらわねえとな……」

「俺、そういう取り引きみたいなことは苦手だからね」

アキラは、しばらく無言で甘糟を見つめていた。マルBは、よくこれをやる。やられるとわかるが、ものすごく落ち着かない気分になる。

アキラはスツールに腰かけている。店長の坂田はカウンターの中にいる。甘糟と滝は立ったままだった。

　やがて、アキラが言った。

「ナンバーの登録情報の改竄をしたやつがいるって、あんた、俺に洩らしたよな」

甘糟は、あっと思った。

たしかに、暴走を止めるために、アキラにそれを話した。

甘糟は言った。

「そういう可能性があるという話をしただけだよ」

「それって、捜査情報だったんじゃねえのか？」

「いや、まあ……」

「そのときは話せて、今は話せねえっていうの、筋が通らねえよな」

筋が通らない、というのも、マルBの得意な台詞《せりふ》だ。人間誰しも誤魔化したいことや、曖昧にしておきたいことがある。

彼らはそこを正論で突いてくる。だから、反論できなくなるのだ。

「ナンバーのことを話さなきゃ、あんた、滝を殺すつもりだったじゃないか」

滝が身じろぎした。彼は、ふてくされたような顔をしているが、実は恐怖にすくみ上がっているに違いない。

アキラが言った。

「だからさ、俺は迷っているんだよ」

「迷っている……？」

「言っただろう。せっかくとっ捕まえて監禁しているのに、わざわざ車に乗せて、人目につくかもしれねえ駐車場で、フクロにした。そのことについて、じっくり考えてみた。そして、車の持ち主を割り出すのに、警察が二日もかかったということについても、考えてみた。そしたらさ、わからなくなったわけだ」

「わからなくなった……？」

アキラは、肩をすくめた。

「だから、滝はこうして無事なわけだ。あんたから話を聞いていなけりゃ、見つけたとたんに始末してたよ」

淡々とした口調が、逆に怖かった。

脅しているわけではないのだ。アキラは、本当に迷わず滝を殺すことができるだろう。

「それで、俺からさらに詳しく話を聞きたいと思ったわけ？」

「滝は、あんな車を持っていないと言っている。もし、あんたから、ナンバー登録情報改竄の話を聞いていなかったら、そんなのは戯言《ざれごと》だと思って信じなかっただろうな。それにな、店長の坂田は、滝がはめられたんだと言っている。まあ、こいつも知り合いの言葉だから、普通なら信じねえところだが、いろいろと考え合わせてみると、まんざら嘘とも思えねえ」

「なのに、滝を追いつづけていたわけ？」

「それしかねえだろう。本当のことを知るためには、滝からも話を聞かせてもらう必要があった」

「あのね、あんたらにも面子があるのはわかるよ。でもね、警察に任せるしかないんだよ。どうしてそれがわからないの？」

アキラが眼を伏せた。すると、急にぐったりと疲れたような印象になった。

「俺たちの世界じゃ、それは許されねえんだよ。警察《ヒネ》にケツ拭いてもらうなんてな……。だからさ、話を聞かせてもらうよ。あんたらは、まだ滝を追っているんだな？」

甘糟は、どうしたらいいか迷った。話すことを拒否する限り、アキラは帰してはくれないだろう。

何時間でも、何日でも交渉を続ける。こちらが根負けするまで続けるのだ。それがヤクザだ。ある意味、警察に似ている。

ここを早いとこ切り上げて、『ジュリア』に行かなければならない。

甘糟は言った。

「男と男の話し合いだといったね？」

「言った。腹を割って話すんだ」

「俺がしゃべったことが、外に洩れないって間違いないよね？」

「間違いない」

「坂田店長や滝がここにいるんだけど、だいじょうぶ？」

「俺が責任を持つ。……というか、あんたの話はどちらかというと、滝や坂田にとってメリットがあると思うんだが、どうだ？」

「いや、どうだって言われても……。とにかく、話せることは限られているよ」

「腹を割ってな」

「捜査本部はまだ、滝を追っている」

「容疑が晴れていないってことか？」

「参考人として話を聞くためだよ。車の持ち主として名前が登録されていたことは間違いないんだからな」

「参考人……？　てことは、まだ本当の容疑者がわかっていねえってことだな？」

「それは言えない」

「まあ、言わなくても、それくらいのことはわかる」

それまで黙っていた坂田が言った。

「俺が話をしたとき、警察は半信半疑といった感じだったがな……」

アキラはちらりと坂田を見たが、何も言わなかった。

甘糟は坂田とアキラの両方に言った。

「警察はね、確証がないことは信じないんだよ。話を聞いても、裏を取らない限り、それが本当かどうかの判断は下さない」

アキラが言った。

「優秀な刑事は、話を聞いただけで本当か嘘か見抜くって言うじゃねえか」

「俺、別に優秀な刑事じゃないし……」

「あんたのことを言ってるんじゃないよ」

「そりゃあね、嘘をついてたり、隠し事をしているのはわかるよ。でも、事実関係については、みんなきっちり裏を取るよ。でないと、検察は納得しないし、公判も維持できない」

「まあ、そんな話はどうでもいい。それで？　犯人の目星はついているのか？」

甘糟は目を丸くした。

「そんなこと、話せるわけないじゃないか」

アキラはにやりと笑った。

「まあ、こたえてもらえないとわかっていても、質問してみるんだよ。あんたが俺に質問するときと同じだ」

「じゃあ、こっちからも質問するよ」

「かまわねえよ」

「あんた、滝のこととか、ずいぶん情報を早く手に入れていたよね。どこからそういうこと、聞いたわけ？」

「ほらな。あんたも、俺がこたえないとわかっていながら、質問するだろう」

「駒田が情報を持ってきたんだろう？」

「どうしてそう思う？」

これ以上しゃべったら、歯止めがきかなくなる。そう思いながら、甘糟は言うことにした。

虎穴に入らずんば虎子を得ずだ。なんとか、アキラに揺さぶりをかけなければならない。

「どうも、あんたの動きが早すぎると感じていた。そりゃあ、あんたたちも、蛇の道は蛇で、裏社会の情報網は持っている。それがあなどれないことはよく知ってるよ。でも、犯罪に関する情報収集能力が警察にかなうはずがないんだ」

「それで……？」

「警察に内通者がいると考えれば、納得がいく」

アキラの表情は変わらない。薄笑いさえ浮かべているように見える。

「それは、一般論だな？」

「そう思って聞いていいよ。でね、俺、『ジュリア』に入り浸っている北綾瀬署の警察官を見つけたわけ。警察官の給料でそんなことしたら、たちまち借金だらけになっちまう。だから、何かの見返りで安く飲ませてもらっているんじゃないかと思ったんだ」

「その警察官が、駒田と繋がっていて、その情報が俺のところに来ている。そう読んだわけか？」

「話の筋は通るよね」

「筋は通る。だが、事実かどうかは別問題だ。証拠はねえんだろう？」

甘糟は、溜め息をついた。

「腹を割って話すんだよね？　腹の探り合いじゃなく……」

「ああ、そうだ」

「証拠はないよ。だから、あんたが証言してくれればいいんだ。俺の話に間違いはないって」

アキラは声を上げて笑った。

「俺に捜査の協力をしろってのか？」

「少なくとも、警察官から情報を得ていたからといって、あんたが罪に問われることはないんだ。そんなことが罪になるんだったら、大半の新聞記者が捕まっちまう。だからね、本当のところはどうなのか、教えてほしいわけさ」

「大事な情報源については、何も言えねえな」

「わかった。じゃあ、別の質問をするよ。駒田とはどこで知り合った？」

「ゲンとつるんでいたんだ。ゲンはゲソづけしたけど、駒田のやつは半ゲソでな。だから、『ジュリア』で働かせているんだ」

「いろいろと便利に使えるよね」

アキラはこたえなかった。

甘糟は言った。

「捜査本部は、すでに滝が犯人の可能性は薄いと考えているんだ。だけど、車の持ち主として登録されていたんだから、そのへんのことをちゃんと訊かなけりゃならない。それで、足取りを追っていたんだ」

そのとき、たまりかねたように、滝が言った。

「俺、何も知らねえんだよ。車の持ち主だって？　いつの間にそんなことになったのか、さっぱりわからねえ……」

甘糟は滝に尋ねた。

「黒いミニバンなんだが、心当たりはないか？」

「知らねえって言ってるだろう。そんな車を買う金なんて、持ってねえし……」

アキラが言った。

「そいつが言ってることは、どうやら本当らしい。いろいろ調べさせたが、そいつが車を運転しているのを見たことがあるやつはいなかった」

「裏社会の情報網で調べたんだな？」

アキラはうなずいた。

「裏社会の情報網で」

「それで、滝から話を聞き、俺から話を聞いて、今は考えがまとまったのか？」

アキラは、しばらく何事か考えてから言った。

「滝の身柄がほしいんだろう？　連れて行けよ」

「えっ。いいの？」

「もう用はねえよ。そいつといっしょにいると、俺まで身柄取られちまいそうだからな……」

思ってもいない展開になった。

カウンターの中の坂田が、明らかにほっとした表情になった。

甘糟は、滝に言った。

「いっしょに来てもらうよ」

「俺は何にも知らないんだって言ってるだろう」

「それをちゃんと供述するんだ。あんた、ふらふらしていると、どんなとばっちり食うかわからないよ。警察にいたほうが安全だよ」

滝が坂田を見た。坂田が無言でうなずいた。

滝が言った。

「手錠なんかしねえだろうな?」

「あのね、事情を聞くための任意同行なんだよ。手錠なんかするわけないの」

それから、甘糟はアキラに言った。「俺、もう行ってもいいんだね?」

「ああ。また連絡するよ」

そう言いながら、アキラはしきりに何事か考えている様子だった。

「じゃあね」

滝の腕を取って、店を出ようとすると、アキラが言った。

「おい」

甘糟は立ち止まり、振り返った。

「何だ?」

「もし、俺がグレてなくて、あんたが警察官じゃなかったら、いっしょに飲みに行ったりできたかな」

甘糟は、その言葉に驚いた。何も言えなかった。

すると、アキラは苦笑を浮かべて言った。

「いいんだ。今の一言は忘れてくれ」

甘糟は、滝を連れて『サミーズバー』を出た。

忘れてくれと言われたが、そう言われると、なおさら忘れられない。甘糟は、そんなことを思っていた。


捜査本部に連絡を入れた。麻布署に搬送を頼むと何かと面倒だし時間がかかるので、タクシーで来いと言われた。

まあ、逮捕したわけじゃないし、しょうがないかと甘糟は思った。さすがに、逮捕された被疑者の身柄をタクシーで運べとは言わないだろう。

甘糟は、タクシーの中で、アキラとの会話について考えていた。アキラは、滝が犯人ではないと納得したようだ。

まあ、考えればわかることだ。警察や検察が冤罪を恐れるのと同様に、マルBだって無罪の人間を殺したくはないのだ。

「あの……」

滝が話しかけて来た。

「ん……？　何だ？」

「さっき、駒田って言ってただろう？」

「ああ……」

「それって、綾瀬の駒田のことだよな？」

「ああ、足立区に住んでいるから、そうなんじゃないの？」

「俺、そいつのこと、知ってるんだけど……」

「ちょっと待って。どういうこと？　昔から知ってるってこと？」

「族にいるころに、何度かやり合ったことがあるから……」

「……ということは、向こうもあんたのことを昔から知っていたということだよね？」

「もちろん」

タクシーの中でこれ以上の会話はヤバイ。

「後で詳しく話を聞くから……」

とにかく、滝を黙らせることにした。タクシーの運転手に話を聞かれるのは危険だ。重要な情報が巡り巡って記者の耳に入らないとも限らないのだ。

「なんか、マッポとつるんでいるってな話してたよな」

「話は後で聞くって言っただろう……」

「俺が知ってる駒田だったら、つるんでいたマッポも知ってるぜ」

「だから、話は後で……。えっ……。今、何て言った？」

「駒田がつるんでいたマッポを知っているって言ったんだ」

「それ、本当？」

「マジだよ。駒田は、綾瀬の族から抜けた後、しばらく池袋のキャバクラでボーイをやってたんだ。そこでマッポを接待して、店への手入れの情報なんかを仕入れていた」

「そいつの名前は？」

「たしか、富永……」

甘糟は、あまりのことに言葉を失った。

「なあ、これだけのネタをしゃべったんだから、多少のことは目をつむってくれよな」

滝は、半グレなので、叩けば叩くだけ埃が出るはずだ。それを恐れているのだ。

だが、捜査本部は暇じゃない。滝のチンケな罪になんて、興味はない。いや、もしかしたら、麻薬・覚醒剤の売買といった重要事案に関わっているかもしれないが、とりあえずは参考人だから、そういう犯罪の追及はしないはずだ。

滝にはいろいろしゃべってもらわなければならないのだ。

だが、それをあらかじめ教えてやる必要もない。

甘糟は滝に言った。

「とにかく、署に着くまで、これ以上何もしゃべらないでよね」

　滝は、軽く肩をすくめた。


　捜査本部に滝の身柄を引っぱって行くと、ちょっとした騒ぎになった。

　管理官から直接、「よくやった」と言われた。こんな誇らしい気分は、警察官になって初めて、いや、生まれて初めてのことかもしれない。

　だが、管理官は、一言付け加えるのを忘れなかった。

「しかしながら、単独行動はいかん。すべての行動は、事前に報告すること。いいな」

「はい。わかりました」

　アキラに会っていたことを、管理官に知られたら、何を言われ、何をされるかわからない。

　くわばらくわばら……。

　甘糟は、管理官に報告を続けた。

「なお、滝定夫は、マル走にいた頃から駒田を知っていたようです。そして、駒田と富永の関係を知っていると言っています」

「駒田と富永がつながったんだな？」

「ちゃんと供述を取って、さらに裏を取る必要がありますが……」

「取り調べの担当官に指示する。供述が取れたら、そちらで裏を取ってくれ」

ひゃあ、また仕事が増えたなあ。

甘糟は、そんなことを思いながら返事をした。

「了解しました」

管理官のもとを去り、郡原の姿を探した。捜査本部の中にはいなかった。後で、アキラや滝から聞いたことを報告しようと思った。特に、富永の件を……。

時計を見ると八時四十分だ。

そろそろ『ジュリア』に出かけなければならない。

甘糟は、梶に電話することにした。

21

梶とはすぐに連絡が取れて、午後九時に『ジュリア』が入居しているビルの近くで待ち合わせることにした。

ビルの前だと、駒田が呼び込みに出ているかもしれないので、何かと面倒だ。だから、少し離れた場所で待ち合わせをした。

甘糟が先に着いて、歩道にたたずんで梶を待っていた。

すると、車道を見覚えのある車が通り過ぎていった。アキラの車だ。

甘糟は反射的に物陰に身を隠した。そっと様子を見る。アキラの車は、『ジュリア』のビルの前に停まった。

「よお、待たせたかい？」

梶がやってきた。甘糟は告げた。

「今、アキラの車が、『ジュリア』のビルの前に停まりました」

梶は状況を察知して、甘糟同様に身を隠した。それから、『ジュリア』のほうを見る。

「あの黒いのが、アキラの車だね？」

「そうです。まだ、車から誰も出て来ません」

「何をやってるんだろうね……」

「誰かを待っているのかも……。いずれにしろ、もし、アキラが『ジュリア』を訪ねるようなら、自分らは出直したほうがいいかもしれませんね」

梶が考え込んだ。

「そうだな……」

そのとき、車に近づく影があった。甘糟は言った。

「駒田です。アキラの車に近づきました」

アキラが後部座席から下りた。駒田が最敬礼する。

二人は、立ち話を始めたが、どうやら穏やかな内容ではなさそうだった。アキラは、腹を立てているように見えたし、駒田は恐れおののいているようだ。

「何の話をしているんだろうね……」

梶が、独り言のようにつぶやいた。甘糟は言った。

「アキラか駒田に、直接訊いてみましょうか」

「二人とも正直に話してはくれないだろうね」

「それでも、訊いてみる価値はあります」

やがて、アキラは一方的に話を打ち切り、車に乗り込んだ。駒田は、頭を下げたままだ。

やがて、車は走り去った。駒田が顔を上げた。ネオンに照らし出されて、一瞬その表情が見えた。

甘糟は驚いた。

駒田は、笑みを浮かべていたのだ。

その笑いを見たとき、甘糟の中で、スイッチがかちりと切り替わったような感覚があった。

あれ……。

甘糟は、思った。今の感覚は、いったい何だったんだろう。

梶が言った。

「アキラがいなくなった。『ジュリア』に行ってみよう」

「はい」

店内は、それほど混み合ってはいない。今日は、富永の姿がない。これから来るのかもしれない。それとも、今日は来ないのだろうか。

富永だって、毎日『ジュリア』通いでもあるまい。他に用事だってあるだろう。

そんなことを思っていると、駒田がすぐに近寄ってきた。

「甘糟さん。いらっしゃい。よく来てくれました」

「今日は、ちょっと話を聞きたくて来たんだよ」

「いいですとも。ま、その前に、サービスさせてください」

「いや、今日はそういうの……」

「VIPルームのほうへご案内します。もし、ご指名がおありでしたら……」

「いや、指名なんてないけど……」

「じゃあ、昨日と同じような感じで、付けさせていただきますね」

おお、またナンバーワンとかが付いてくれるんだ。

ああ、いかんなあ。別に飲みに来たわけじゃないのに……。

甘糟は、ついそんなことを考えてしまう。

そう思いながら、駒田のサービスを断れない。

女の子がやってくると、梶は目尻を下げた。見るからに堅そうに見える梶も、若くてかわいい女の子の前では、このありさまだ。

いやいやいやいや、男ってのは、みんな似たようなものだな……。

自分のことを棚に上げて、甘糟はそんなことを考えていた。

三十分ほどして、女の子を入れ替えるために、駒田がやってきた。

甘糟は言った。

「ちょっと、話があるんだ。女の子にちょっと待ってもらってよ」

駒田はうなずいた。

「わかりました」

駒田は、今までついていた女の子も席を立たせた。そして、丸いスツールに腰を下ろす。

「お話というのは？」

「いろいろと確認を取りたいことがあってね」

「確認ですか？」

「昨日、あんた、俺に滝定夫のことを訊いたよね」

駒田は、にやりと笑った。先ほど、アキラと別れた直後に見せた笑いと同質のものだった。

「捜査情報を教えてくれるんですか？」

「そうじゃないよ。あんた、マル走の時代から、滝定夫のことを知ってたね？」

駒田の笑みは消えない。だが、少しぎこちなくなった。

「何ですか、それ。誰からそんなことを聞いたんですか？」

「あれ、アキラから何も聞いてないの？」

駒田から笑みが消えた。

「アキラさんがどうかしましたか？」

「さっき、ビルの前で話をしていただろう？　何か、叱られてたみたいだったね。何を言われていたの？」

　駒田は肩をすくめた。

「まあ、日常的な説教ですよ。もっと気を引き締めろ、とか……」

「へえ、営業中に呼び出して、そんなこと言うわけ？」

「アキラさんは厳しいですからね」

「滝とはマル走時代に、何回かやり合ったんだろう？　つまり、対立関係にあったわけだ」

「記憶にありませんねえ、そんなこと……」

「この店に、うちの署の富永が、よく通ってきてるよね」

「ええ、昨日お見かけになったでしょう。それが何か？」

「富永とも、長い付き合いなんだよね？」

「いや、そうでもないですね」

「そんなはずないんだけどなあ……。あんた、族を抜けた後、しばらく池袋のキャバクラでボーイをやっていただろう。富永とは、その頃からの付き合いのはずだ。池袋では、富永、生安課にいたんだ」

駒田は、何事か考えている様子だった。やがて、彼は言った。

「さすがに、警察ですね。いや、おっしゃるとおりですよ。自分は、滝のことも富永さんのことも、昔から知っていました。それがどうかしたんですか?」

「だからさ、確認しているだけだって」

「そんなこと、確認してどうなさるおつもりですか?」

尋問のとき、刑事は相手の質問にこたえてはいけないと教わったことがある。

甘糟は、さらに質問した。

「ねえ、アキラは、何を言いにきたの?」

「ですから、日常的な注意ですよ」

「当ててみようか?」

「何です?」

「あんたの情報源の一人に、警察官がいるんじゃないかって、訊きに来たんだろう?」

「何ですか、それ……。どうして、アキラさんがそんなことを……」

「俺、さっきアキラに会ってたんだよね」

「え……」

「情報源は明かせない、なんて言ってたけど、俺の勘じゃ、アキラは情報源のことを知らなかったんだ。それで、あんたのところに、それを確かめに来た……」

「まあ、何でもかんでもアキラさんに報告するわけじゃないですから、自分独自の情報源もありますよ」

「勝手に警察とつるむな。後々面倒なことになるぞ……。たぶん、アキラからそんなことを言われたんだろう？」

駒田は、また肩をすくめた。

「話は終わりにしませんか？　キャストの子を呼びましょう」

「最後に、もう一つだけ……」

「何です？」

「あんた、アキラの舎弟分だよね？」

「まあ、いろいろと世話になってます」

「……ということは、多嘉原連合の関係者ということになるね？　ぶっちゃけ言えば、半ゲソだ」

「ええ、そういうことです」

「けど、あんた、今日の昼に、足立社中の人と会ってたよね？　それは、どうして？」

「足立社中の人……？」

「昼過ぎに、つけ麺屋で会っただろう」

「つけ麺屋ですか……。たしかに昼飯を食いに行きましたが、そこに足立社中のやつがいたってことですか？　自分は気づきませんでしたけど……」

明らかにシラを切っている。甘糟は、そう感じた。

「ねえ、本当に訳がわからないんだよ。どうしてあんたが、こそこそと足立社中の組員らしい人と会っていたのか……。理由を教えてもらえると助かるんだけど……」

駒田は、苦笑を浮かべた。

「本当に、心当たりがないんですよ。まったく、何がどうなれば、俺が足立社中のやつと会ったなんてことになるんですかね」

駒田は立ち上がった。「さ、キャストを呼んで来ますよ」

そのままＶＩＰルームを出て行った。

梶が甘糟に言った。

「駒田は、ただアキラに情報を流していただけじゃなさそうだね」

「自分は、ちょっと郡原さんに電話してみます」

「ああ」

甘糟は携帯電話を取り出して、郡原にかけた。

「何だ?」

「アキラに会いに行ったら、そこに滝定夫がいたんですよ。それで、身柄を捜査本部に運びました」

「聞いてるよ。それで、アキラは何か言ってたか?」

「彼は、ずっと滝を追っかけていました」

「それがどうかしたのか?」

「滝が、誰かにはめられたのかもしれないと思いながらも、彼を探し続けていたんです。つまり、アキラは事件については何も知らないということですね。おそらく、富永さんのことも知らなかったでしょう」

「どうしてそう思う?」

「自分らが、『ジュリア』に入る直前、アキラは駒田を呼び出して、何か叱り付けている様子でした。おそらく、警察官を情報源にしていたことを、駒田はアキラに知らせていなかったんだと思います」

「アキラは、何も知らずに闇雲に走り回っていたということか」

「そういうことになります。アキラにとっての手がかりは、おそらく駒田から聞いた滝定夫の名前だけだったはずです」

「ふうん……」

「駒田は、滝定夫や富永さんのことを、昔から知っていたようです」

「何だって？　どういうことだ？」

「駒田がまだ、マル走時代からのことなんですが……」

甘糟は、説明した。

するると、郡原はしばらく無言でいた。何かを考えているようだ。もしかしたら、戸惑っているのかもしれない。

やがて、郡原の声がきこえてきた。

「それを、駒田に確認したのか？」

「しました。本人は、認めました」

「ふん、開き直りやがったな……」

「それから、駒田が昼間、足立社中の組員らしい人物と接触したことについて尋ねてみたら、そんな記憶はないと言いました。そんなはずはないんですよね。同じ店に対立組織の関係者がいたら、ぴりぴりと緊張するはずです」

「……ということは、明らかに密会していたということだな」

「間違いありませんね」

「お、ちょっと待て、割り込み電話だ」

いったん通話が切れた。

しばらくして、再び郡原の声が聞こえてきた。

「アキラの野郎、忙しいやつだ。今度は、駅裏のバーに現れたそうだ。同じ店に、足立社中の紀谷がいるらしい」

「若頭ですか？　わあ、一触即発じゃないですか……」

「店の者が電話で知らせて来た。俺はこれからそこに向かう」

郡原が店の名前を言った。甘糟も、そのバーは知っていた。

「じゃあ、自分も向かいます」

「キャバクラで楽しめなくて、残念だな」

電話が切れた。

甘糟は、梶に事情を説明した。

「じゃあ、すぐに勘定をしてもらう」

甘糟は頭を下げた。

「ごちそうになります」


そのバーは、駅裏の路地に面しているビルの三階にあった。

カウンターとボックス席が二つだけの狭い店だ。

甘糟と梶が駆けつけたとき、すでに郡原がいた。彼は、ちょうど、アキラと紀谷の中間に立っていた。

一番奥の席に、紀谷がいる。そして、一番手前の席にアキラが座っていた。

他に客はいない。バーテンダーは、明らかに迷惑そうな顔をしていた。

郡原は立ったままだった。

アキラは、甘糟をちらりと見て、頬を歪《ゆが》めた。笑ったのかも知れないと、甘糟は思った。

郡原が言った。

「この物騒な時期に、呉越同舟かよ……」

呉越同舟なんて言葉を、この連中に言ってわかるのだろうか。

甘糟は、そんなことを考えていた。

紀谷が含み笑いで言った。

「物騒な時期って、どういうことです?」

郡原が言った。

「おまえが直々に、組員の末端まで武装を命じたそうじゃないか」

「気を引き締めなければならないと思いましてね……」

「何のために、気を引き締めるんだ?」

「痛くもねえ腹を探られているうちは、まだいいが、へたをすると、とんだ濡れ衣を着せられそうなんでね……」

紀谷はアキラを見た。

アキラは眼を合わせず、正面の棚に並ぶ酒瓶を眺めていた。

明らかに紀谷のほうが、貫目が上だ。だが、アキラも堂々としたものだった。

郡原が言った。

「どっちが呼び出したんだ？」

アキラが、ゆっくりと郡原を見た。

「俺ですよ。話がしたいと思いましてね……」

郡原が驚いた顔で言った。

「おまえ、いい度胸だな。もし紀谷が兵隊連れてきたら、どうするつもりだ」

「どうもしませんよ。ただ、話をしたいだけですからね」

「……で？　その話とやらは、もう終わったのか？」

「これからってところに、郡原さんが飛び込んできたんですよ」

「じゃあ、続きをやんなよ」

アキラが、わざとらしく店内を見回した。

「警察の人が三人も立ったままじゃ、落ち着きませんね」

郡原が言った。

「じゃあ、俺たちも座らせてもらう」

そして、甘糟たちに言った。「おまえたちも、座れ」

郡原がカウンターのスツールに腰を下ろす。甘糟はその隣に座った。さらにその隣が梶だ。

両端に、紀谷とアキラがいる。

紀谷が、ちっと舌を鳴らして言った。

「警察《ヒネ》のいるところで、話もへちまもねえ。俺は帰るぜ」

「待てよ」

アキラが言った。「誰がいようと関係ねえ。いろいろと確かめたいことがある」

「呼び出しておいて、その言い草はねえな……」

紀谷は、やはり凄みがあった。甘糟は、背筋が寒くなった。

アキラが言う。

「あんたにとっても、損はない話だと思う」

「ほう……。どういうふうに、損がないというんだ？」

「今、うちとそっちがやり合って、何かいいことがあるか？」

「ふざけるなよ。もともとは、そっちがきっかけじゃねえか。身内が死んだからって、俺たちを疑うことはねえ。俺たちは、チンケな殺しなんぞやらねえよ」

東山源一はアキラがかわいがっていた舎弟分だ。その死について「チンケな殺し」という言い方はないだろうと、甘糟は思った。

もしかしたら、アキラがキレるかもしれない。甘糟は、そっとアキラの様子をうかがった。

驚いたことに、アキラは薄笑いを浮かべていた。

「俺は、足立社中を疑ったことなんかねえよ。うちのオヤジだってそうだ」

「適当なことを言うなよ。身内が死んだことを口実に、こっちに言いがかりをつけて、抗争でも起こす腹だったのは、そっちだろう」

アキラがかぶりを振った。

「俺は、足立社中にちょっかい出したりはしてない。ここにいる甘糟の旦那に訊いてみればいい」

紀谷は、甘糟のほうを見た。

甘糟は、それだけで落ち着かない気分になった。

「あ、ええと……。アキラは、ずっと滝定夫という半グレのことを追っていたんだよ」

「それがどうした」

紀谷の問いに、アキラがこたえた。

「足立社中にちょっかい出したり、抗争に持ち込もうとするなんてことは、頭になかった。ゲンを殺《や》ったやつを見つけることしか考えてなかった」

「じゃあ、どうして抗争だ何だという話になったんだ？」

「誰か、あんたらに、そう囁《ささや》いたやつがいるはずだ。そいつの名前を知りたいんだよ」

紀谷は、眼を細くした。もしかしたら、思い当たる節があるのかもしれないと、甘糟は思った。

22

紀谷は、アキラの顔を見据えて言った。

「いったい、何のことを言っているのかわからねえな。てめえの出方次第じゃ、五体満足でこの店から帰すわけにはいかねえんだぞ」

アキラは、薄笑いを浮かべた。

「できると思うなら、やってみな。そっちもただじゃ済まねえぞ」

紀谷とアキラの間の空間が、びりびりと強く帯電していくように感じられる。ものすごい緊張感だった。

多嘉原組長のお気に入りと、足立社中の若頭だ。彼らがここでやり合って、どちらかに何かあったら、おそらく全面戦争になる。

甘糟は、郡原が仲裁に入ることを期待していた。

だが、郡原は何も言おうとしない。成り行きを見守るつもりだろうか。

睨み合いが続く。

「あの……」

甘糟が声を出すと、全員が甘糟に、さっと注目した。甘糟は、うろたえた。

「いや、ええと……。今夜は話をするために、二人は会ったわけだよね？　それなのに、この場面で対立していても、仕方がないと思うんだよね」

紀谷は、冷ややかに甘糟を眺めている。郡原は、相変わらず何も言わない。

アキラは、ふんと鼻で笑った。

「やっぱり、あんた、おもしろいな。警察《ヒネ》にしておくの、もったいない」

「なんだよ、警察官じゃなきゃ、何をやれってのさ」

「俺の下で働くのも、悪くねえぞ」

「あのね、俺のほうが年上なんだけど」

「年は関係ねえ。この世界、経験が勝負だからな」

「だから、俺、警察辞める気なんてないからね。クビになったら別だけど……」

紀谷が、顔をしかめてうなるように言った。

「いい加減にしねえか。話をしたいというのなら、話せばいい。だがな、その内容によっては、ただじゃおかねえ。そう言ってるんだ」

うわあ、おっかないな……。

甘糟は、もうマル暴は嫌だと、つくづく思った。

「いや、だからね。そういう言い方すると、角が立つって、俺は言ってるわけ。もっと、穏やかに……」

甘糟の言葉を遮るように、紀谷が言った。

「アキラが追っかけてた滝って半グレのことだが……」

「え……？」

「そいつを引っぱったんだろう？」

甘糟は驚いた。警察は、そんなことを、記者にも発表していない。被疑者ではなく、あくまでも参考人だ。

「なんでそんなことを知ってるわけ？」

紀谷が不機嫌そうに言う。

「こっちだって無関係じゃねえんだ。まあ、痛くもねえ腹を探られている立場だけどな……。それなりに、警察の動きも追っかけさせてもらうさ」

これだから、ヤクザは油断できない。足立社中くらいの組織になると、どこに情報源がいるかわからない。

暴力団は、実は情報産業だと言った人がいる。まさに、そのとおりだと、甘糟は思っていた。

「だからさ、それが過剰反応だと思うわけ」

紀谷が甘糟に質問する。

「その滝ってやつが犯人なのか？」

「いや、それは……」

郡原が甘糟に言った。

「ほらな。余計なことを言うと、必ずそういうふうにとばっちりを受けるんだ」

「だからって、衝突するのを黙って見てられないでしょう」

「ふん」

郡原が言った。「こいつらの言い合いなんて、犬が吠《ほ》え合っているようなもんだ。本気でやる気なら、お互いに一人でなんか来ねえよ」

言われてみれば、そうかもしれない。だが、甘糟は黙って見てはいられなかった。

紀谷がうなるような声を出す。

「質問にこたえてもらおうか。その滝ってやつが犯人なのか？　だったら、うちがアキラの舎弟をやったという疑いは晴れるわけだ」

郡原が言った。

「残念ながら、滝は犯人じゃねえよ」

「じゃあ、アキラは見当違いのやつを追っかけていたってことなのか？　こいつはお笑い草だな」

郡原が、紀谷を睨んだ。

「うちの若いのが、口のきき方に気をつけろって言ってるのがわからねえのか？

滝の件についちゃ、警察はアキラに恩があるんだ」

アキラがちらりと郡原のほうを見た。意外そうな表情だった。

紀谷が眉をひそめる。

「そりゃ、どういうことだ？」

「アキラのほうが、警察より先に滝を見つけた。そして、滝を警察に渡してくれた」

「極道が、仇《かたき》と思って追っかけてたやつを警察《ヒネ》に突き出したってのか？　あきれた話だ」

「滝は、犯人じゃないということがわかった」

アキラが言った。「そして、警察がやつを探していることを、俺は知っていた。だから、警察に渡した。それだけのことだ」

「犯人じゃないということがわかった？」

紀谷がアキラに尋ねる。「滝が嘘をついているかも知れねえじゃねえか。てめえ、甘いんじゃねえのか？」

アキラがかぶりを振った。

「俺は頭《ペテン》を使うんだ。誰かと違ってな」

また、そういうことを言う。

甘糟は、はらはらしていた。

だが、紀谷は何も言い返さない。彼はさらに質問した。

「じゃあ、どうして滝が犯人じゃないということがわかったんだ？」

「甘糟さんに言われたことを、よく考えたんだ」

紀谷が甘糟のほうを見る。

「何を言ったんだ？」

甘糟の代わりにアキラがこたえた。

「滝ってのは、ゲンの殺害現場の近くで防犯カメラに映っていた黒いミニバンの持ち主として手配された。滝が持ち主だということが判明するまで、時間がかかり過ぎた。丸一日以上かかったんだ。ナンバーがわかれば、登録されている持ち主なんて、すぐにわかる。その丸一日という時間が、何を意味するのか考えてみた」

「どういうことだ？」

「もし、登録されていなかったら、一日どころか、何日かかっても持ち主はわからねえだろう。だが、調べはじめた翌日に、登録されていた情報が見つかったってんだ。こんな妙な話はあるか？　考えられることは一つだ。誰かが情報を改竄したか、書き加えたんだ」

紀谷は、黙ってアキラを見ていた。

どうやら、アキラの話に興味を引かれた様子だ。

アキラの話が続いた。

「そう考えれば、いかにも半グレっぽい手口も怪しく思えてくる。滝をよく知っている『サミーズバー』って店の店長が言っていた。滝は、誰かにはめられたんだ、と……」

「それを真に受けたってわけか？　おめえ、ずいぶんと人がいいじゃねえか」

「ゲンは、殺される三日前から姿を消していた。連絡も取れなかった。その時点で、誰かに拉致られていたに違いないんだ」

「拉致られていた……？」

郡原が、補足した。

「検視の結果、遺体が発見された日よりもっと前に負った傷が見つかっている。拉致されて、痛めつけられていたんだろう」

紀谷が理解できないという顔で郡原を見た。

「駐車場でボコって殺したと聞いたぞ。拉致していたのなら、どうしてわざわざ駐車場なんかに連れて行って殺したんだ？」

郡原が言う。

「俺たちも、まずそこにひっかかったわけだ。理由がわからなかった。だが、半グレの仕業に見せかけるためと考えたら、辻褄《つじつま》が合う。現場近くに駐車していた黒のミニバンだが、いかにも半グレが乗りそうな車だった。しかも、おあつらえ向きに防犯カメラに映ってたんだ」

紀谷が、思案顔で言った。

「誰かが、滝って野郎に罪を着せようとしたって、ことか？」

アキラがこたえる。

「そうとしか考えられない。そして、滝には足立社中の息がかかっていると聞かされていた」

紀谷が苦笑しながら言った。

「おいおい、そうやってこっちに濡れ衣を着せようってんだな？　俺たちゃ、滝なんて野郎は知らねえからな」

アキラは、紀谷を見た。

「俺は、いったい誰を信じればいいのかな……」

甘糟は、慌てて言った。

「あ、滝が足立社中と関係がないってのは、本当のことだよ。滝は、どこにもゲソづけしてないし、組関係との付き合いもない」

郡原が言った。

「半グレってのは、ある意味ヤクザより始末に負えない。ヤクザは、組織があるからあまり無茶はできない。たてまえだけかもしれんが、素人には迷惑をかけないことになっている。だが、半グレは違う。怖いもんなんかないと、やつらは思っている。そして、半グレは、暴力団の予備軍ではなくて、明らかに対立する存在だ。だから、足立社中が滝に近づくということは考えにくい」

アキラは、ちらりと郡原を見てから言った。

「それくらいのことは、俺にもわかるさ。だから、気に入らなかった。俺は、誰かにだまされていたことになる。そして、その誰かは、うちと足立社中が抗争をおっぱじめるのを期待していたということになる。なぜだ？　うちと足立社中が抗争を起こして、いったい誰が得をするんだ？」

紀谷が慎重な口調になった。

「少なくとも、うちは得なんかしねえ」

アキラが唇を歪めて笑う。

「うちだって同じだ」

紀谷が、考えながら言う。

「半グレなら得をすることもあるかもしれねえ。抗争となれば、双方に被害もでるし、金もかかる。組織が一時的に弱体化することも考えられる」

アキラがかぶりを振る。

「いくら組織が弱体化したからといって、半グレが俺たちのシマに乗り込んで来るのを阻止できないはずがねえ。半グレだって、それくらいのことはわかるはずだ。それにな、半グレにシマ内でのシノギなんてできるはずがねえ」

いやいや、そういうシノギは、あんたたちにもやってほしくはないんだけどね……。

甘糟は、心の中でそう突っこんでいた。

紀谷が、アキラの言葉に耳を傾けている。そして、言った。

「たしかに、そのとおりだ。じゃあ、いったい、誰が何のために抗争を起こさせようとしたんだ？」

甘糟は、先ほどの独特な感覚を思い出していた。体の中でスイッチが切り替わったような感覚だ。

その理由が、だんだんわかってきた。

甘糟の中で、徐々にジグソーパズルが出来上がっていく。次々にピースがはまっていくのだ。

郡原は、すでに気づいているのだろうか。そして、梶は……。

アキラは、気づいてしまったに違いない。それを確認するために、紀谷に会いたいと思ったのだろう。

郡原に、出しゃばるなと叱られそうだ。だがここは、自分がしゃべるべき場面だと、甘糟は思った。

「あのう……」

甘糟はアキラに言った。「あんた、いろいろと確かめたいことがあるんだよね？」

「そうだ」

「俺も、あんたに確かめたいことがあるんだ」

「そいつは、後回しにしてもらう」

「いや、そうはいかないんだ」

アキラがちょっと驚いたように甘糟の顔を見た。

「そうはいかねえって、どういうことだ？」

「俺が知っていることと、あんたが知っていることを、突き合わせて考える必要があるんだ。それも、早急に……。そう、急がなくちゃならない」

「言ってることがわからねえな……」

「俺の話を聞いてくれれば、わかると思う」

アキラは、郡原に言った。

「おい、甘糟の旦那は、いったい何を言いたいんだ？」

郡原はアキラを見据えて言った。

「さあな。だが、大切なことなんじゃねえのか?」

甘糟は、うなずいた。

「そう、大切なことなんだ」

アキラは、肩をすくめた。

「あんたの質問にこたえる義理はねえな。だけど、まあ、こたえてやってもいい」

甘糟は、質問を始めた。

「うちの署の富永って、知ってる?」

「富永……?　知らねえな」

「本当だね?　調べてみて、後で嘘だってわかったら面倒なことになるよ」

「本当だ。そんなことで嘘をついても始まらねえ。誰だ、その富永っていうのは……」

「『ジュリア』の常連だ。顔を見ればわかるはずだ」

「たしかに俺は、たまに『ジュリア』に顔を出す。だが、素人の客のことなんて気にしたことはねえ」

「でも、何者かは、もう見当がついているよね?」

「何のことだ?」

「さっき、駒田に会いに行っただろう？　駒田が警察官を情報源にしていることを、あんたに黙っていたんで、それについて何か言いに行ったんだ」

アキラは、しばらく黙っていたが、やがて言った。

「そう。あんたが言うとおりだよ。つまり、駒田の情報源の警察官ってのが、その富永ってやつなんだな？」

「駒田と富永は、池袋時代からの知り合いだ。駒田は、族を抜けてから、しばらく池袋で働いていたんだろう？」

アキラが、目を細くした。表情を読まれまいとしているのだ。

甘糟は、さらに言った。

「その事実も、当然知らなかったよね」

「だから何だ……」

アキラは、不機嫌そうに言った。

そのとき、紀谷が言った。

「楽しいおしゃべりの最中、申し訳ねえがな……。用がねえんなら、俺は帰らせてもらうぜ」

甘糟は紀谷に言った。

「ちょっと待ってよ。この話、あんたにも聞いてもらいたいんだ」

紀谷が顔をしかめた。

「警察《ヒネ》と多嘉原連合の話だろう？　俺は関係ねえはずだ」

「まあ、そう言わないで……。誰かが東山源一殺害の罪を足立社中に被《かぶ》せようとしたんだよね。それが、誰かって話をしようとしているんだから……」

席を立とうとしていた紀谷が、再び腰を落ち着けた。

「俺は、それがこのアキラじゃねえかと思っているんだがな……」

「それは間違い。彼じゃないよ。彼は何も知らずに、滝を追っかけていた。ただそれだけだ」

「滝に、俺たち足立社中の息がかかってると、アキラに思わせようとしたやつがいたって話だったよな？」

「そう。そして、その人物が、滝を犯人に仕立てようとした。そして、同時に多嘉原連合と足立社中が抗争を起こすように仕向けようとした……」

「つまり、それが真犯人ってことだな？　警察《ヒネ》は、誰が真犯人なのか知っているということか？」

それまで黙ってみんなの話を聞いていた梶が、甘糟に言った。

「少なくとも、私は知らない。捜査本部でも被疑者を特定できていないはずだ」

甘糟は、梶に言った。

「すべてがわかってしまったんです。さっき、抗争事件が起きても、誰も得をしないという話をしましたよね？　でも、一人だけ得をする人がいるんです」

紀谷が言った。

「得をするやつがいるだって？」

甘糟はうなずいた。

「得をするというより、抗争が起きることによって、自分の身を守ることができる人物が一人だけ……」

アキラが言う。

「つまり、そいつがゲンを殺ったということだな？」

「そういうことになる」

郡原が言った。

「てめえ……、後で間違いでしたじゃ済まねえんだぞ」

うわあ、おっかない。でも、もう後戻りはできない。それに、おそらく、郡原も同じことを考えているに違いないのだ。

「間違いないと思います」

アキラが、ひたと甘糟を見据えて言う。

「誰だ、そいつは……」

甘糟は言った。

「その名前を言う前に、順を追って確認しなければならない」

「わかった」

アキラが言った。「何が訊きてえんだ」

一同が、アキラと甘糟に注目した。

23

「駒田とは、どうやって知り合ったの？」

甘糟が尋ねると、アキラはこたえた
「ゲンとつるんでいたんだ」

「つまり、ゲンこと東山源一があんたに紹介したということ？」

「まあ、紹介というか、何となくだな」

「ゲンはゲソづけしたけど、駒田は半ゲソのままなんだね？」

「ああ」

「そして、『ジュリア』で働かせて、便利に使っていた……」

「まあ、そうだな」

「駒田は、いろいろな情報を持ってきたはずだ。その中には、警察内部の情報も含まれていた。そうだね？」

「駒田の情報源のなかに、富永って警察官《ヒネ》がいたんだろう？　あんたが、言うとおり、俺はそんなやつのことは知らなかった。どうりで、駒田は警察の情報に詳しいはずだ」

「ゲン殺害の疑いで、警察が滝定夫を追っているという話を、あんた、誰から聞いたんだ?」

アキラが、じっと甘糟を見据えた。甘糟は、ちょっとびびったが、ここが踏ん張りどころだと思った。

アキラが言った。

「そんなこと訊いて、どうするんだ?」

「大切なことなんだよ。警察の捜査情報だよ」

「あんたが思っているとおりだよ。俺は、駒田からその話を聞いた。こいつ、なんでそんなことを知ってるんだと思ったが、駒田が富永とかいう警察官を情報源にしていると聞いて、納得がいったよ」

「そんなはずないんだよね」

甘糟が言うと、アキラが眉をひそめた。

郡原と梶が、怪訝な顔で甘糟を見ていた。足立社中の紀谷若頭も、甘糟のほうに視線を向けた。

アキラが尋ねた。

「そんなはずないって、どういうことだ?」

「あのね、殺人の重要参考人の情報だよ。そんなの、捜査本部にいる人間しか知り得ないんだよね」

甘糟が言うと、アキラがさらに訝しげな顔になって言う。

「警察の中にいるんだ。富永は、捜査本部の誰かから聞き出したんじゃないのか？」

「実はね、捜査情報ってそんなに簡単に洩らしたりしないんだよ。万が一記者に洩れたりしたらたいへんなことになるからね。捜査情報の扱いに関しては、担当捜査員はみんな神経質になる。同じ署にいるからって、捜査本部内部の情報が入手できるわけないんだ」

アキラは、ちらりと郡原を見た。甘糟の言葉の確認を取りたいのだろう。

それを察して、郡原が言った。

「たしかに言われてみりゃ、甘糟の言うとおりだ。地域課の富永が、重要な捜査情報に接することはまず考えられない」

「そうなんです」

甘糟は言った。「今回の事案で、富永の役割ははっきりしています」

アキラが甘糟に尋ねた。

「何だ、その役割ってのは」

「車検登録情報の改竄だ」

「あ……？」

「警察官である富永なら、車検登録に関わっている運輸支局だとか、登録代行センターなんかに伝手があって、情報の改竄や付け足しなんかが可能だと思う」

アキラが考えながら言う。

「わからねえな……。富永が、なんでそんなことをするんだ？　そいつは、言ってみりゃ、捜査の攪乱《かくらん》じゃねえか」

「何も知らない富永には、捜査を攪乱したという自覚はないだろうね」

「誰かに頼まれたということか？」

「あるいは、何か交換条件を出されて引き受けたか……」

「つまり、それを富永に依頼したやつが、ゲンを殺《や》った犯人なんだな？」

「そういうことになると思う」

「誰だ、そいつは……」

「それをはっきりさせるために、さらに質問するよ。あんた、滝には足立社中の息がかかっているって思っていたよね？」

「ああ、そう聞いていた」

「誰からその話を聞いたか、覚えているよね？」

アキラが、ちょっと間を置いてからこたえた。

「ああ、覚えている」

「誰かが、滝にゲン殺しの罪を着せて、さらにそいつは、それを足立社中の仕業だと、多嘉原連合に思わせようとした」

「だからよ」

痺《しび》れを切らしたように、紀谷が言った。「それは、何のためだと、俺は訊きたいわけよ」

甘糟はこたえた。

「自分の身の安全のためだよ」

「身の安全のため……？」

「滝を犯人に仕立て上げても、いずれ真相が多嘉原連合に知られてしまうだろう。でも、ゲン殺しが足立社中の仕業だということになれば、組対組の問題になるよね。抗争になれば、多嘉原連合でも、誰が真犯人か、なんて考えてる余裕はなくなるだろう」

アキラと紀谷が一瞬視線を合わせた。先に眼をそらしたのはアキラのほうだった。

アキラが甘糟に言った。

「あんたが、誰が犯人だと思っているか、わかっちまったんだが……」

甘糟が言った。

「手出しは無用だよ。殺人事件なんだから、警察の仕事だ」

アキラが、甘糟を睨みつける。

「そうはいかねえんだよ。こっちには面子があるんだ」

「あんただって、直接手を下すなんて、辛いはずだ」

アキラは押し黙った。

紀谷が言った。

「なんだ？　二人とも犯人がわかってるってことか？　いったい、誰なんだ？」

甘糟は、郡原に尋ねた。

「えーと……。言っていいですか？」

郡原は、興味深げな顔で言った。

「言わなきゃ、この場は収まらないだろう。それに、俺もおまえの説を聞いてみたい」

梶が言った。

「私も、ぜひうかがいたいね」

甘糟は言った。

「滝を犯人に仕立て上げることができて、さらに滝に足立社中の息がかかっていると、多嘉原連合に思わせることができた人物。そして、足立社中と多嘉原連合が抗争を起こすことで自分の身を守れる人物。それは一人しかいないんです」

梶がうなるように言った。

「そうか……。駒田か……」

甘糟はうなずいた。

「犯行現場付近で、防犯カメラに映っていた車両の所有者が滝となるように、車検登録情報を改竄したのは、おそらく富永さんです。そして、駒田は、滝のことをマル走時代から知っていました。滝とは対立していたのです」

郡原が言った。

「なるほど……。駒田は、滝や富永とは長い付き合いだったな」

甘糟は、アキラに尋ねた。

「滝が犯人かもしれないって、駒田から聞いたんだよね」

「ああ……」

「その情報源は、富永さんじゃないかと、自分らも思っていたんだけど、よく考えたら、富永さんだって、殺人の捜査情報なんて、おいそれと手に入る立場じゃなかった。でも、駒田はそれを知っていた。なぜか……。全部駒田が仕組んだことだからだよ」

アキラが、唇を咬《か》んだ。甘糟はさらに言った。

「そして、滝に足立社中の息がかかっていると、あんたに伝えたのは……」

「駒田の野郎だ」

アキラは、携帯電話を取り出した。

郡原がアキラに言った。

「やめろ。俺たちに任せるんだ」

「そうはいかねえと言ってるだろう」

「やめねえと、公務執行妨害でしょっぴくぞ。なんなら、殺人未遂もくっつけてもいい」

「殺人未遂だって？」

「駒田をとっ捕まえて、その手で始末するつもりだろう」

「話を聞かなけりゃならねえ」

「話なら俺たちが聞く。おまえたちには面子があるんだろうが、俺たちにだって面子がある。犯人をおまえらに教えて、リンチを許したとあっちゃ、俺の立つ瀬がねえんだよ」

「そんなの、知ったことか」

アキラは、携帯電話を耳に当てた。

甘糟が言った。

「俺、あんたに何も教えずに、駒田をしょっ引くこともできたんだよ」

アキラが甘糟を見て、ゆっくりと携帯電話を下ろした。

甘糟は、さらに言った。

「あんたは、頭がいいから理解してくれると思ったんだ。殺人犯は、法にゆだねるしかないって……」

「俺は、やるべきことをやらなけりゃならねえんだよ」

「やるべきことなら、もうやったじゃないか」

「何だって……？」

「足立社中の若頭と会って、抗争を止めた。それこそが、あんたのやるべきことだった」

アキラは、しげしげと甘糟を見つめた。

「だがな、落とし前を付けなけりゃならねえんだよ」

「そして、自分も捕まるわけ？　そんなの意味ないよ」

「俺たちの世界では意味があるんだ」

「そんなこだわりは捨ててもらうよ。駒田は、法が裁く。そして、社会的な制裁を受ける」

郡原が言った。

「おまえ、甘糟の言うことを聞かないと、今後ずっと警察を敵に回すことになるぞ」

甘糟はアキラに言った。

「そうだよ。あんたたちは、損得勘定が得意なんだろう？　今後ずっと俺たちを敵に回すことが損か得か、よく考えてみてよ」

アキラは、甘糟から眼をそらし、手もとの携帯電話を見つめていた。やがて、それをポケットにしまった。

それを見て、紀谷が言った。

「やれやれ、身内の犯行というわけか。俺たちゃ、とんだとばっちりだ。もう用はないな。帰らせてもらうぜ」

「待ってよ」

甘糟が紀谷に言った。「足立社中は、駒田から情報を得ていたね？」

紀谷が、眉をひそめる。

「何の話だ？」

「俺たちが、あんたらの事務所を張り込んでいるときに、駒田が接触してきたことがある。そして、おたくの組員らしい人物と、駒田が昼間に、つけ麺屋でこっそりと会っていたことがある」

「知らねえな……」

「若頭のあんたが知らないってのは、問題じゃない？　とにかく、駒田と接触していた組員か準構成員がいることは確かだ。本当に知らないのなら、調べてみるんだね」

「とんだ言いがかりだな……」

「そうかな……。もし、足立社中が駒田をいいように利用していたとしたら、多嘉原連合に対して大きなことは言えないよね」

アキラが紀谷を見据えた。紀谷は、居心地悪そうに身じろぎしてから言った。

「ふん。多嘉原連合の身内の話だ。もう、俺たちは、あれこれ言う気はねえよ。じゃあな……」

紀谷は、あっという間に姿を消した。

梶が携帯電話を取り出した。捜査本部と連絡を取るのだろう。

郡原が、アキラに言った。

「おっと、動くなよ。駒田に手出しはさせねえ」

アキラは、毒気を抜かれたような顔をしていた。

「警察《ヒネ》を敵に回す気はねえよ」

梶が電話を切ると、郡原と甘糟に言った。

「駒田の件は、手配した」

甘糟は、なんだか全身の力が抜けてしまったように感じていた。

「おい、アキラ。おまえにも署まで来てもらうぞ」

郡原のその言葉に、アキラだけではなく、甘糟も驚いた。

郡原は、さらに言った。

「いろいろと詳しく話を聞かなけりゃならない」

甘糟が言った。

「話なら、今……」

郡原が甘糟とアキラを交互に見て言った。

「駒田が検挙されるとき、アキラも警察に拘束されていた。それなら、多嘉原の親分もアキラを責められねえだろう」

甘糟は、あっと思った。

さすがは郡原だ。まだまだ郡原にはかなわない。

アキラは、何も言わず、郡原の言葉に従った。

24

午後十一時十五分、駒田の身柄が確保された。そのまま捜査本部のある北綾瀬署に身柄を運び、事情を聞いたが、本人は容疑を否定しつづけているという。

富永も呼んで、事情を聞いた。彼は、すぐに、車検登録情報の改竄に関与したことを認めた。

登録代行センターに伝手があり、それを利用したということだった。

彼があっさりと関与を認めたのは、少しでも処分を軽くしようという気持ちだったに違いない。だが、本人が思っているより処分は重いはずだった。

甘糟、郡原、梶の三人は、捜査本部の隅っこに座り、成り行きを見守っていた。

「一時間になりますね、取り調べ……」

甘糟が言うと、郡原は生返事をした。

梶が郡原に尋ねた。

「アキラに事情を聞かなくていいのかい？」

「甘糟がさっき言っただろう。話はもう詳しく聞いたよ。あとは、甘糟がそれを書類にするだけだ」

「あ……」

甘糟が言った。「すぐに始めます」

パソコンを持ってきて、供述録取書を作成しはじめた。それにアキラの署名・押印があれば、一定の証拠能力を持つ。

書類を書きはじめてすぐに、管理官が郡原を呼んだ。

郡原は管理官のもとに行き、戻って来ると言った。

「駒田の取り調べをやってくれってよ」

甘糟が驚いて言った。

「捜査一課のベテランが担当しているんでしょう？」

それを聞いて、梶が言った。

「餅は餅屋だよ。マル暴なら何か聞き出せるかもしれないという判断だろう」

郡原が甘糟に言った。

「おまえも来い」

「え、自分もですか……」

「おまえもマル暴だろう。早くしろ」

駒田は、絵に描いたようなチンピラのふてくされ方をしていた。脚を組んで、机に対して斜めに座っている。

郡原は、捜査一課の刑事と交代して、駒田の真向かいに座った。甘糟は記録席だ。

郡原が、駒田に言った。

「何もかもしゃべっちまえよ。そのほうが身のためだぞ」

「知らないものは、しゃべりようがありませんよ」

「そうかい。本当に何も知らないんだな？」

「知らないって言ってるでしょう。さっきの刑事さんが言ってたけど、いったい何のことです？　俺が滝に罪を着せたとか、富永さんに、車検登録情報の改竄を頼んだとか……」

「身に覚えがないというんだな？」

「ないですね」

「そうか。じゃあ、帰っていいぞ」

駒田は、にやりと笑った。

「やっぱりね……。証拠なんて、何もないんでしょう？」

「富永は、関与を認めたよ。おまえに頼まれたと言っていた。もっとも、殺人の罪を滝に着せるためだとは知らなかったようだがな……」

それでも、駒田の笑みは消えなかった。

「どうせ、はったりでしょう。富永さんが何を言おうと、俺は何も知りませんから……」

「わかった。行っていいぞ」

駒田が立ち上がった。

郡原は、続けて言った。

「アキラがさ、事情を知っているんだよな」

駒田の笑いが消え去った。

「どういうことです？」

「さっき、アキラと話をしてね。ここにいる甘糟が、何もかもしゃべったんだ。アキラは、そうとう頭に来ているらしいぜ」

駒田の顔色が悪くなる。

郡原がさらに言う。

「そうそう、その場に、足立社中の紀谷若頭もいてな。紀谷はどうやら、もうおまえとは関わりたくないようだぞ」

駒田の顔面は、今や真っ白だった。額に汗が浮かびはじめている。

郡原が言う。

「どうした？　帰っていいって言ってるんだぞ」

駒田は、立ち尽くしていた。

郡原が席を立った。

「話すことがないってんなら、俺たちだって付き合っていることはねえ」

「待ってください」

駒田が言った。

「何だよ」

「アキラさんが事情を知っているって、それ、嘘ですよね?」

「刑事がさ、取調室で嘘を言うと思うか? そんなことをしたら違法捜査で、起訴できなくなっちまうんだよ」

駒田が、椅子に腰を下ろした。今度は先ほどと違い、まっすぐ机のほうを向いている。

「何だ? 帰らないのか?」

「アキラさんを俺に近づけないと約束してくれるなら、俺がやったことを全部話します」

郡原が席に戻った。

「聞かせてもらおうじゃないか」

駒田は、洗いざらいしゃべりはじめた。

甘糟が読んだとおり、駒田が暴走族時代の仲間二人と共謀して、ゲンこと東山源一を監禁して暴行し、さらに遺体の発見現場となった駐車場で、殺害した。その際に、仲間が所有していた車検情報のない車両をわざと監視カメラに映る場所に駐車した。そして、富永に依頼して、その車の持ち主が滝定夫となるように、車検登録情報を付け加えた。

だが、いずれは滝が犯人でないことが明らかになると考え、駒田は滝が足立社中と関係しているとアキラに耳打ちした。

同時に、アキラの動向を、足立社中の組員に洩らしていたのだ。

駒田は、『ジュリア』から多嘉原連合に入る金の運搬や管理を任されていたが、その一部を着服していたのだった。

もし、アキラにそれがばれたらただでは済まないと考え、ひそかに足立社中とも関係を持とうとしていたのだ。駒田なりの保険というわけだ。

着服の件と、足立社中に接近していることを、ゲンに知られてしまった。それが、殺害の動機だった。

アキラが本気でゲン殺害犯人をつきとめようとしていることを知り、駒田は、多嘉原連合と足立社中が対立を激化させ、いずれ抗争に発展するように画策を始めたわけだ。

抗争となれば、組対組の対立になり、誰がゲンを殺したかはそれほど問題ではなくなる。それが駒田の計算だった。

それも甘糟が考えたとおりだった。

駒田が落ちたと、郡原が知らせると、管理官は複雑な表情になった。

警視庁本部捜査一課のベテランが落とせなかった被疑者を、所轄の捜査員が落としたのだ。

だが、その戸惑いもほんの一瞬だった。すぐに管理官は笑顔になって言った。

「ごくろう。よくやってくれた。さすがは、マル暴だ」

郡原は余計なことは言わずに、ただ頭を下げた。このあたりが、いかにもタヌキだと、甘糟は、密かに思っていた。

被疑者が落ちたからといって、刑事たちは手放しで喜んではいられない。それから、ほぼ徹夜で、供述録取書、弁解録取書、その他疎明資料を作成しなければならない。

それでも事案を解決したということで、刑事たちの気分は明るい。茶碗酒を味わう者もいる。

必死でパソコンのキーを叩く甘糟を尻目に、郡原と梶が茶碗酒を飲んでいた。それだけなら腹は立たないが、あろうことか、若い遠藤が彼らといっしょに酒を飲んでいた。

遠藤は、けっこう調子がいいやつだ。この先、器用に立ち回りそこそこ出世するのではないかと、甘糟は思った。

それに比べて、甘糟はいつまで経っても、うだつが上がらない。思わず溜め息が出た。

郡原が、甘糟に言った。

「どうだ？　まだできないのか？」

「もうじきです」

梶が言う。

「今回は、いろいろと勉強になったよ」

郡原が梶に言った。

「所轄のマル暴も、捨てたもんじゃねえだろう」

「最初は、とんでもない連中だと思ったけどね」

「まあ、捜査一課のエリート様から見れば、そうかもしれねえな」

「最初、私のことを気に入らないやつだと思っていただろう」

「まあ、一目見て、現場経験が少ないことがわかったからな……。俺たちは、何と言うか……、そういう相手を信頼できるかどうか、見極めなきゃならねえんだ」

「俺たちって、何のことだ?」

「現場の最前線にいる警察官だよ」

「それで、私は君のテストに合格したと考えていいんだね?」

「合格だよ」

「いやあ、自分も勉強になりました」

遠藤が言った。「この経験は、一生忘れません」

本当に調子がいいやつだな。

そういえば、大切なときに、こいつはどこにいたんだろう。たしか、富永のことを洗っていたはずだが……。

まあ、そんなことはどうでもいいか……。

遠藤が、あのバーにいたところで、何かの役に立つとも思えない。

「できました」

甘糟は、郡原に言った。

「何ができたんだ?」

「駒田の供述録取書と弁解録取書です」

「見せてみろ」

甘糟は、パソコンを渡した。郡原がそれを読みはじめる。なんだか、先生の採点を待つ生徒のような気分だった。

「アキラの録取書は？」

「それも、もうできています」

「それも見せろ」

甘糟は、そのファイルを呼び出した。

読み終わると、郡原が言った。

「プリントアウトして、署名と押印だ。そうしたら、酒を飲んでいいぞ」

「あの……、ビールありますかね？」

「ばかやろう。捜査本部の打ち上げは、茶碗酒って決まってるんだよ。さっさと署名と拇印《ぼいん》もらってこい」

「わあ、すいません」

甘糟は、プリントアウトを取りに走った。

甘糟は、ようやく酒にありつけた。だが、打ち上げでだらだら飲んでいる刑事はいない。みんな、一杯飲んでさっさと引きあげる。

管理官が残って書類のまとめをしているが、他の幹部はみんな帰宅している。もちろん、捜査一課長の姿はもうない。

甘糟は、なんだか取り残されたような気分で茶碗酒をちびちび飲んでいた。

そこに梶がやってきた。

「じゃあ、私もそろそろ引きあげるよ」

「あ、今回は、いろいろとお世話になりました」

甘糟は頭を下げた。

「いやいや、世話になったのは、こっちのほうだよ」

「とんでもないです」

「郡原もたいしたやつだが、君もなかなかやるね」

「えっ。そんなこと言われたの初めてです」

「郡原は言わないだろうね」

「いつも叱られてばかりです。マルBも怖いですけど、郡原さんはもっと怖いと思うことがあります」

「君は立派にやっているよ。それも郡原の教えの賜物《たまもの》だろうね」

「はあ……」

「君は自覚がないんだなあ……」

「は……？」

「この事件は、君が解決したようなもんなんだよ」

「いや、そんなことないですよ。なんか、成り行きでそうなっただけで……」

「私なんて、ずっと君といっしょに行動していたのに、駒田が犯人だなんて思ったこともなかった」

「ホントに、たまたまです」

梶がほほえんだ。

「案外、君は自分が思っているよりも、マル暴刑事に向いているかもしれないよ」

「そんなあ……」

甘糟は苦笑した。

梶はほほえんだまま言った。

「本当に自覚がないんだなあ……。まあ、それが君のいいところなのかもしれない。また、いっしょに仕事ができるといいね」

「はい。そのときはまた、よろしくお願いします」

梶は、片手を掲げて去って行った。甘糟は、その後ろ姿を見送っていた。

捜査本部が解散するときって、達成感があり、ほっとするけど、なんだか淋しい一面もあるんだなあ。

甘糟は、そんなことを感じていた。

25

翌朝、郡原は二日酔いなのか、赤い眼をしていた。彼は、甘糟に言った。

「おい、アキラは、トラ箱だったな？」

「ええ、そうです」

警察署には、通称ブタ箱の留置場とは別に、トラ箱と呼ばれる保護室がある。泥酔者などを保護するための施設だ。

アキラは、逮捕されたわけではないので、留置場に入れるわけにはいかない。だから、保護室に泊めたのだ。

「駒田の送検も済んだことだし、アキラを帰してやれ」

「はい」

甘糟は、すぐに手続きを取り、保護室にアキラを迎えに行った。

アキラは、甘糟を見ると顔をしかめて言った。

「酔っ払いが騒いで眠れなかったぞ」

「静かだって、どうせ眠れなかったんじゃないの？」

「どうしてだ？　俺はいつだってぐっすり眠れるんだ」

「いや、俺だったら、いろいろと考えちゃって眠れないんじゃないかと思って……」

アキラは、ふんと鼻で笑った。

「今さら考えたって仕方ねえじゃねえか。駒田には、もう手出しできねえんだからな」

「面子で人を痛めつけたり殺したりって、どうしてやめられないわけ？」

「俺たちは、そういう世界で生きているんだ」

「どうしてそういうふうに決めつけるんだろうな。いろいろとやりようはあると思うけど……」

アキラは笑った。

「あんた、本当におもしろいな。ヤクザ相手にそんなことを言う刑事に、初めて会ったよ」

アキラは、廊下を歩き出した。甘糟は、何も言わずにそのあとについていった。

玄関までやってきたとき、アキラは立ち止まり、言った。

「郡原のダンナに、伝えてくれ。俺がいちおう礼を言ってたってな。俺の立場を気づかってくれた」

「あんたが、自分を抑えてくれたからだよ。そっちが譲歩すれば、こっちだっていろいろ考えるさ」

アキラは、その言葉にはこたえずに、甘糟に背を向けると歩き出した。

甘糟は、しばらくその後ろ姿を見送っていたが、アキラは一度も振り向かなかった。


駒田の共犯者も全員逮捕された。暴力団内部の事件とあって、新聞やテレビのニュースの扱いも、それほど大きくはなかった。

富永が手配した登録代行サービスの職員は、有印私文書偽造の罪で逮捕された。

富永は、捜査員が話を聞きに行った段階で、辞職していた。そして、有印私文書偽造の共犯として逮捕された。

その知らせを聞いたとき、郡原が甘糟に言った。

「富永のやつ、甘い汁を吸い続けてきたんだろうが、ついに年貢の納め時ってわけだ。お天道様は、見逃さねえよな」

「駒田なんかとつるまなければ、定年まで勤められたかもしれないのに……。なんだか、哀れですよね」

「ばかやろう。こういうのをな、自業自得って言うんだ。たかが車検情報の書き換えなんて考えるなよ。警察官はな、いかなる不正にも手を染めちゃいけねえんだ」

わあ、やっぱりこの人、熱いなあ……。

「あの……、勤務中にパチンコ行ったりするのはいいんですか？」

郡原がぎろりと甘糟を睨む。

「パチンコ屋にはな、情報がごろごろ転がっているんだ。俺がただ遊びに行っていると思っているのか」

「いや、思ってないです、思ってないです」

「本当に思ってねえんだな？」

「はい、情報収集ですよね」

郡原はうなずいた。

「そういうわけで、俺は、その情報収集に行ってくる」

「パチンコですか？」

「おまえは、多嘉原連合に顔を出して、様子を見てこい」

「え……」

郡原は、席を立って出かけて行った。

甘糟は、溜め息をついた。

多嘉原連合か……。

たしかに、甘糟も、その後どういう状態になっているのか気になっていた。そろそろ、様子を見に行く時期ではある。

まだ、駒田のことを諦めずに、何か手を打とうとしているかもしれない。まさか、留置場に鉄砲玉を送るようなことはしないだろうが……。

そう思うと、だんだん心配になってきた。

だが、一人で行くのは嫌だった。刑事だろうが何だろうが、一人で暴力団の事務所を訪ねるのは恐ろしい。

甘糟は、もう一度溜め息をついた。

郡原に言われたからには、行かなければならない。

やっぱり、暴力団も怖いが郡原も恐ろしい。

甘糟は、腰を上げて、多嘉原連合の事務所に向かった。

歩きながら考えた。

もしかしたら、多嘉原連合の組長は、警察に腹を立てているかもしれない。組員の仇討ちを阻止されたのだ。

組長が腹を立てているということは、組員たちが全員腹を立てているということだ。

甘糟の足が止まった。

そんなところに、顔を出したら、どんな目にあわされるかわかったもんじゃない。

え、俺、やばいかも……。

もしかしたら、それを予想して、郡原は一人で行けと言ったのかもしれない。犠牲になるのは一人でいいと考えたのではないか。

このまま、逃げ出したかった。

だが、それは郡原が許さないだろう。

もう、マル暴なんて辞めちまいたい。いっそ、警察も辞めちゃおうか……。

歩道に立ち尽くしたまま、甘糟は、自分が辞表を出しているところを想像していた。そして、警察の寮を出て、やることもなくぶらぶらして……。

そこまで考えて、甘糟は意外なことに気づいた。

俺って、警察の仕事が好きなんじゃないのか……。

自分はマル暴刑事になど向いていないと思っていた。いや、今でも思っている。だが、これまで本気で警察を辞めようと思ったことはなかった。

ならば、やるべきことをやるしかない。

甘糟は再び歩きはじめた。

そして、多嘉原連合事務所の前までやってきた。組員たちに取り囲まれて、いろいろ脅かされるかもしれない。相手が警察官だろうが何だろうが、組長がやれと言えば、組員たちは危害を加えるだろう。

怖いなあ……。嫌だなあ……。

だが、行くしかない。

甘糟は、深呼吸をしてから、インターホンを押した。

「はい、どちらさん？」

「北綾瀬署の甘糟だけど……」

ドアが解錠される音が聞こえる。

思いっきり人相が悪い若い衆がドアを開けた。

「どうぞ」

甘糟は、恐る恐る入って行った。

アキラがソファに座っており、甘糟を見て笑っていた。その笑顔に凄みを感じる。

「ごくろうさんです」

若い衆たちが甘糟に言う。

アキラが手招きをした。

「こっち来て、座んなよ」

「いや、すぐに失礼するから……」

「いいから、座んな」

「はい……」

甘糟は、テーブルを挟んでアキラと向かい合った。

すぐに若い衆が茶を持ってくる。

「だからさ……」

甘糟は言った。「お茶なんて出さないでって、いつも言ってるだろう」

「そうはいかねえんだよ。客に茶の一つも出さねえのは、俺たちの稼業じゃ恥になる」

「どうせ飲まないからね」

「好きにしてくれ。おい、オヤジを呼んでくれ」

若い衆がすぐに奥に走った。

甘糟は慌てた。

「え、組長呼んで、俺をどうするつもりさ」

「あ……？　あんた、何言ってんだ？」

すぐに多嘉原組長が顔を出した。

若い衆が全員起立して気をつけをする。こういうところ、警察と同じだなと、甘糟は思った。

アキラも立ち上がっていたので、つられて甘糟も起立していた。

いよいよ、俺、痛めつけられるのかな……。

甘糟がそう思ったとき、多嘉原組長が頭を下げた。

甘糟は戸惑った。

「え……？」

多嘉原組長は、顔を上げると言った。

「このたびは、うちの関係者がご迷惑をおかけし、申し訳ないことです」

「あ、いや、その……」

「アキラが無茶しねえように諭《さと》してくださったそうで、そのことについてもお礼を申し上げます」

「はあ……」

「なんでも、事件のからくりを解いたのは、甘糟さんだそうですね」

「まあ、なんとなく……」

「おかげで、足立社中とも妙なことにならずに済みました」

「あ、それはアキラさんが、向こうの若頭と会って直接話をされたから……」

多嘉原組長がほほえんだ。

「一言ご挨拶申し上げる機会があれば、と思っておりました」

「それは、ご丁寧に……」

「それでは、失礼いたします」

組長は、奥に姿を消した。

事務所内の空気がなごんだ。アキラが再びソファに腰を下ろす。

どうやら、多嘉原連合は、駒田の件で、今後どうこうするつもりはなさそうだ。それが確認されたので、もう用はない。

甘糟は立ったまま、アキラに言った。

「じゃあ、俺も失礼するから……」

アキラが言った。

「覚えているか？　もし、俺がグレてなくて、あんたが警察官じゃなかったら、いっしょに飲みに行ったりできたかなって、俺が訊いたこと」

「ああ、『サミーズバー』でのことだね？」

「そのこたえを訊きたいと思ってるんだが……」

甘糟は驚き、そして考えた。

アキラは、だまってこたえを待っている。

「そうだね」

甘糟はこたえた。「立場が違えば、いっしょに飲めたと思うよ」

アキラが笑みを浮かべた。

甘糟は、ゆっくりと事務所を出た。

解説

関根 亨
（評論家・編集者）

本作の主人公、甘糟達男《あまかすたつお》巡査部長は、とんでもない使命感の持ち主だ。

甘糟の人となりを詳述する前に、今野敏警察小説シリーズの精鋭刑事たちの中から、幾人かを見てみたい。

まずは本庁、刑事部捜査第一課の宇田川亮太《うだがわりょうた》巡査部長。彼は野心家で、刑事になるべく、交番勤務の時から捜査感覚を上司にアピール。捜査一課の刑事へ配属になった。同期の蘇我《そが》が公安部に転属になったのを横目に、刑事としてのやり甲斐を追求する（講談社文庫『同期』ほか）。

盗犯を担当する第三課、萩尾秀一《はぎおしゅういち》警部補は長年こつこつと捜査を続けてきた。これまで培った経験や情報が彼の得意とするところだ（双葉文庫『確証』ほか）。

本庁と同様、所轄ならではの人にも、今野は目配りをきかせている。

著者作品中、最初に世に出た警察小説シリーズの安積剛志《あずみつよし》警部補。東京湾臨海署刑事課強行犯係長として、部下の全員に気を配り、彼らの持つ力を最大限捜査に生かそうと考えている（ハルキ文庫『陽炎』ほか）。

最も名高い〈隠蔽捜査《いんぺいそうさ》〉シリーズ（新潮文庫）の竜崎伸也《りゅうざきしんや》警視長は、警察庁から大森署署長へと異動している。大森署での竜崎は、常に署長室のドアを開け、組織の風通しをよくし、面子《メンツ》にこだわる管理官をたしなめるほど度量ある人間だ。

今野敏は、新たに誕生した〈マル暴〉シリーズの主人公に、足立《あだち》区・北綾瀬《きたあやせ》署の刑事組織犯罪対策課組織犯罪対策係、甘糟達夫巡査部長を配属した。精鋭とは正反対、史上最弱を絵に描いたような人物として。

いかなる刑事も、被疑者確保に向け寝食を忘れて取り組むのは当然だろう。一公務員として、山ほどの書類仕事にも従事する。上意下達である組織捜査の一員として、人間関係にもまれながら捜査官として日々成長する。

しかし組織犯罪対策係――マル暴刑事を取り囲むのは、それだけではない。社会規範を意に介さないヤクザたちと、いつも接しなくてはならないのだ。

三十五歳だが童顔のため若く見える甘糟はいやはや、刑事にあるまじき使命感を有し、心情を切々と（？）真っ正直に語ってしまう。

ああ、強行犯係はたいへんだなあ……。

マル暴もいやだけど、強行犯係もいやだ。強行犯係は、真夜中や夜明けに呼び出されることが多い。
（略）
マル暴と強行犯係、どっちがいやだろう。多忙さで言うと強行犯係のほうがいやだ。だけど、やっぱりマルB《ビー》相手のマル暴刑事の方が精神的には参るよなあ……。

捜査対象のヤクザに本音もこぼす。「（略）俺は、定年まで何事もなく勤め上げて、貯蓄と年金で余生を暮らすんだ。それが人生設計なんだ」

甘糟は公務員の心情を代弁しているとも言えるだろう。しかし、殺人や強盗などを担当する強行犯係や、自らの所属するマル暴をいやがるような男に、刑事がつとまるのだろうか？　そんな警察小説は盛り上がるのか？

そう思いつつ読み進めてみると、すぐにその懸念は杞憂だったことに気づくだろう。ページをめくれば予想に反し、いや従来の刑事像の真逆をいったからこそ、間違いなくエンターテインメントとしての存在感が増したのである。

その要因のひとつは、甘糟の同僚・郡原虎蔵《ぐんばらとらぞう》とのコンビネーションだ。柔道部出身の郡原は百八十センチでガタイもいい。黒いスーツにノーネクタイ、坊主刈りで目つきも鋭いとなれば、ヤクザと間違えられてもおかしくはない。いかにもマル暴らしい刑事が甘糟の相方になるので、まずは安心感がある。

見かけ上、マル暴らしからぬ刑事と、その筋にしか見えないコンビはどう動くのか。読者はいやが応でも、著者の筆技によって物語の中に引きこまれていく。


気楽に署の当番にあたっていた甘糟は夜間、北綾瀬署管内で傷害事件発生の報に接する。マル害（被害者）は暴力団員風ということで、本来は強行犯係の事件だが甘糟も仕方なく現場へ赴くことになった。

被害者のゲンこと東山源一《ひがしやまげんいち》は複数回の殴打を受けた後に絶命していた。北綾瀬署に設けられた捜査本部では、手口からして、暴走族や半グレの仕業《しわざ》と考えられたが、そう見せかけただけの可能性もあると郡原は見ていた。

甘糟は郡原の命令に従い、ゲンの兄貴分である唐津晃《からつあきら》（アキラ）を探し、北千住《きたせんじゅ》のキャバクラで発見。ゲンの殺害を知ったアキラは、甘糟を強引に組事務所へ連れ帰ることにする。

ふつう、刑事がヤクザを署へ引ったてるのが定石だろうが、気の弱い甘糟の場合、ここでも弱腰をさらけだしてしまう。

マル暴刑事は、ふだんから組事務所へ顔を出すのが職務上の習慣でもある。甘糟としては勝手知ったる場所であるものの、主客転倒してしまうのが笑いどころ。

アキラとゲンが所属する多嘉原《たかはら》連合の事務所で、アキラは甘糟に捜査情報を教えるようしきりに迫る。相手の言葉尻を捉えて絡むのはヤクザのお家芸だが、甘糟は警察の話の聞き方も似たり寄ったりだと述懐する。

そうなのだ。このあたりは、マル暴や警察組織にさほど思い入れのない甘糟だからこそ出てくる言葉で、ヤクザと警察の相似形を指摘している。

なぜアキラが執拗に甘糟へ凄むかと言えば、「あんたが刑事だってこと、つい、忘れちまう」からなのだそうだ。やる気のなさそうなマル暴刑事と、弟分を殺され頭に血が上ったヤクザの関係は、捜査が進むにつれて意外な変化を見せる。

甘糟と郡原も、ゲン殺害の捜査本部に加わるよう、組対係長から命じられる。所轄の甘糟が捜査本部で組むのは郡原ではなく、警視庁刑事部捜査一課のエリート、梶伴彦《かじともひこ》警部補だ。

郡原と梶はしばしば対立する。梶が捜査本部の方針通り、半グレの犯行と主張するのに対し、郡原は、マルBの悪賢さを引き合いに、ゲンが殺害される前に監禁されていた事実などから、別の可能性を追うべきと言い張る。

本庁と所轄、捜一《そういち》と組対《そたい》、エリートとコワモテ、様々な要素が絡むこの対立を前に、甘糟はどうするのか。ここでも、部外者的視点をもつがゆえに、巧みに双方に割って入っていく。

アキラを追ううちに、多嘉原連合の対立団体や兄弟分の組も関係し、事件は混沌としていくのだが……。

本作はまた、甘糟の視点を借りてヤクザの存在意義にも言及する。マル暴刑事としては口に出せないが、街の治安、反社会勢力抑え込みのため、ヤクザに一役かってもらった方がいいのではないかという〝異論〟である。暴対法で締めつけて地下に潜られるよりましなのではないかと。

あり得ないと一笑に付す発想だろうか。しかし毒を以て毒を制すのたとえ通り、日々マルBに接している捜査官・甘糟だからこその本音だ。

先に、警察とヤクザの体質の相似性に触れたが、当然ながら、警察とヤクザの相容《あいい》れない関係をつぶさに読めるのも『マル暴甘糟』の幅の広さと言えるだろう。

同時に、ヤクザたちの日頃の生態や、彼らの威嚇《いかく》的性癖の根源も綴られる。多嘉原組長やアキラを筆頭に、なぜヤクザは二言目には「面子」だの「示しがつかない」だのと口にするのか。

反社会勢力側の人間臭さ、捜査報告書に書かれることのない世界が本書の中で明示されている。

甘糟刑事、実は本作品が初登場ではない。『任侠書房《にんきょうしょぼう》』『任侠学園』『任侠病院』（実業之日本社刊。『任侠書房』のみ初刊タイトルは『とせい』。現在は中公文庫に収録）にちょっとした脇役で出ていたのが、『マル暴甘糟』では主人公となったのだ。

同シリーズは、下町にあって、今どき任侠と人情に生きる阿岐本《あきもと》組の面々が主役である。堅気に迷惑をかけない小所帯の組ではあるが、ヤクザはヤクザ。阿岐本組はいつも、経営が傾いた出版社、私立高校、病院などの再建を任され、ヤクザ流人間教育で立て直しに奔走する。いつも阿岐本組が〝経営〟に乗り出すたび甘糟はひやひやし、組事務所へ顔を出すのであった。

「お茶なんていらないよ」という決め台詞（？）も任侠シリーズから生まれている。最近ではスピンオフなる便利な用語があるが、甘糟の場合、気の弱い性格でも警察小説の主人公たりえることを実証したのである。

マル暴甘糟シリーズにはもう一冊『マル暴総監』（実業之日本社刊）が控えている。半グレ殺人事件を追う甘糟の前に、大物過ぎる人物が現れ、捜査本部を引っかき回すのだが……。最弱刑事が最も相手にしたくない警察階級の人物とは誰か？　甘糟の次なる活躍、いやあわてぶりを読んでいただきたい。

単行本　二〇一四年一二月　実業之日本社刊

実業之日本社文庫　最新刊

伊坂幸太郎
砂漠
この一冊で世界が変わる、かもしれない。一瞬で過ぎる学生時代の瑞々しさと切なさを描いた一生モノの傑作長編！　小社文庫限定の書き下ろしあとがき収録。
い12 1

宇江佐真理
為吉　北町奉行所ものがたり
過ちを一度も犯したことのない人間はおらぬ――与力、同心、岡っ引きとその家族ら、奉行所に集う人間模様。名手が遺した感涙長編。（解説・山口恵以子）
う2 3

熊谷達也
ティーンズ・エッジ・ロックンロール
このまちに初めてのライブハウスをつくろう――。東北の港町で力強く生きる高校生たちの日々が切ないほどに輝く、珠玉のバンド小説！（解説・尾崎世界観）
く5 2

今野 敏
マル暴甘糟《あまかす》
警察小説史上、最弱の刑事登場!?　夜中に起きた傷害事件は暴力団の抗争か半グレの怨恨か。弱腰刑事の活躍に笑って泣ける新シリーズ誕生！（解説・関根 亨）
こ2 11

沢里裕二
極道《クロ》刑事
新宿歌舞伎町のホストクラブから女がさらわれた。拉致したのは横浜舞闘会の総長・黒井健人と若頭。しかし、ふたりの本当の目的は…。渾身の超絶警察小説。
さ3 5

堂場瞬一
ルール　堂場瞬一スポーツ小説コレクション
元五輪金メダリストが突然現役復帰した。旧友の新聞記者が真意を探って取材を重ねる中で、ある疑念を抱く――傑作スポーツサスペンス！（解説・松原孝臣）
と1 15

深町秋生
死は望むところ
神奈川県の山中で女刑事らが殲滅された。急襲したのは、武装犯罪組織・栄グループ。警視庁特捜隊は仲間を殺戮され、復讐を期す。血まみれの暗黒警察小説！
ふ5 1

穂高 明
夜明けのカノープス
仕事も恋も、うまくいかない。自分を持て余す日々を送る主人公が、生き別れた父親との再会を機に得たものとは……。落涙必至の感動長編。（解説・渡部潤一）
ほ3 1

睦月影郎
ママは元アイドル
幼顔で巨乳、元歌手の相原奈緒子は永遠のアイドルだ。大学職員の僕は、35歳の素人童貞。ある日突然、美少女が僕の部屋にやって来て…。新感覚アイドル官能！
む2 7

実業之日本社文庫　好評既刊

今野敏
潜入捜査
拳銃を取り上げられ「環境犯罪研究所」へ異動した元マル暴刑事・佐伯。己の拳法を武器に単身、暴力団壊滅へと動き出す！（解説・関口苑生）
こ2 1

今野敏
排除　潜入捜査
シリーズ第2弾、元マル暴刑事・佐伯が、己の拳法を武器にマレーシアに乗り込み、海外進出企業に巣食うヤクザと対決！（解説・関口苑生）
こ2 2

今野敏
処断　潜入捜査
シリーズ第3弾、元マル暴刑事・佐伯が己の鉄拳を頼りに、密漁・密輸を企てる経済ヤクザの野望を暴く、痛快アクションサスペンス！（解説・関口苑生）
こ2 3

今野敏
罪責　潜入捜査
シリーズ第4弾、ヤクザに蹂躙される罪なき家族を、元マル暴刑事の怒りの鉄拳で救えるか!?　公務員VSヤクザの死闘を追え！（解説・関口苑生）
こ2 4

今野敏
臨界　潜入捜査
シリーズ第5弾、国策の名のもと、とある原子力発電所で発生した労働災害の闇を隠蔽するヤクザたちを、白日の下に晒せ！（解説・関口苑生）
こ2 5

今野敏
終極　潜入捜査
不法投棄を繰り返す産廃業者は企業舎弟で、テロネットワークの中心だった。潜入した元マル暴刑事・佐伯涼危し！　緊迫のシリーズ最終弾。（対談・関口苑生）
こ2 6

今野敏
デビュー
昼はアイドル、夜は天才少女の美和子は、情報通の作曲家や凄腕スタントマンら仲間と芸能界のワルを叩きのめす。痛快アクション。（解説・関口苑生）
こ2 7

今野敏
殺人ライセンス
殺人請け負いオンラインゲーム「殺人ライセンス」の通りに事件が発生!?　翻弄される捜査本部をよそに、高校生たちが事件解決に乗り出した。（解説・関口苑生）
こ2 8

実業之日本社文庫　好評既刊

今野 敏
叛撃
空手、柔術、スタントマン……誰かを、何かを守るために闘う男たちの静かな熱情と、迫力満点のアクションが胸に迫る、傑作短編集。（解説・関口苑生）
こ2 9

今野 敏
襲撃
なぜ俺はなんども襲われるんだ――!?　人生を一度は放棄した男と捜査一課の刑事が、見えない敵と闘う痛快アクション・ミステリー。（解説・関口苑生）
こ2 10

相場英雄
偽金　フェイクマネー
リストラ男とアラサー女、史上最強の大逆転劇！〈偽金〉を追いかけるふたりの陰で、現代ヤクザが暗躍――。極上エンタメ小説！（解説・田口幹人）
あ9 1

相場英雄
復讐の血
新宿歌舞伎町で金融ヤクザが惨殺。総理事務秘書官と警視庁刑事が事件を追う。名物ママの死、金融庁審議官の失踪、幾重にも張られた罠。衝撃のラスト！
あ9 2

阿川大樹
終電の神様
通勤電車の緊急停止で、それぞれの場所へ向かう乗客の人生が動き出す――読めばあたたかな涙と希望が湧いてくる、感動のヒューマンミステリー。
あ13 1

池井戸 潤
空飛ぶタイヤ
正義は我にありだ――名門巨大企業に立ち向かう弱小会社社長の熱き闘い。『下町ロケット』の原点といえる感動巨編！（解説・村上貴史）
い11 1

池井戸 潤
不祥事
痛快すぎる女子銀行員・花咲舞が様々なトラブルを解決に導き、腐った銀行を叩き直す！　テレビドラマ「花咲舞が黙ってない」原作。（解説・加藤正俊）
い11 2

池井戸 潤
仇敵
不祥事を追及して職を追われた元エリート銀行員・恋窪商太郎。彼の前に退職のきっかけとなった仇敵が現れた時、人生のリベンジが始まる！（解説・霜月 蒼）
い11 3

実業之日本社文庫　好評既刊

知念実希人
仮面病棟
拳銃で撃たれた女を連れて、ピエロ男が病院に籠城。怒濤のドンデン返しの連続。一気読み必至の医療サスペンス、文庫書き下ろし！（解説・法月綸太郎）
ち11

知念実希人
時限病棟
目覚めると、ベッドで点滴を受けていた。なぜこんな場所にいるのか？　ピエロからのミッション、ふたつの死の謎…。『仮面病棟』を凌ぐ衝撃、書き下ろし！
ち12

南　英男
特命警部
警視庁副総監直属で特命捜査対策室に籍を置く畔上拳。未解決事件をあらゆる手を使い解決に導く。元部下の巡査部長が殺された事件も極秘捜査を命じられ…。
み74

南　英男
特命警部　醜悪
闇ビジネスの黒幕を壊滅せよ！　犯罪ジャーナリストを殺したのは誰か。警視庁副総監直属の特命捜査官・畔上拳に極秘指令が下った。意外な巨悪の正体は？
み75

南　英男
特命警部　狙撃
新宿の街で狙撃された覆面捜査官・畔上拳。本人は助かったが、流れ弾に当たって妊婦が死亡。その夫は畔上を逆恨みし復讐の念を焦がす……シリーズ第3弾！
み76

南　英男
特命警部　札束
多摩川河川敷のホームレス殺人の裏で謎の大金が動いていた――事件に隠された陰謀とは!?　覆面刑事が闇に葬られた弱者を弔い巨悪を叩くシリーズ最終巻。
み77

芥川龍之介、谷崎潤一郎ほか／末國善己編
文豪エロティカル
文豪の独創的な表現が、想像力をかきたてる。川端康成、太宰治、坂口安吾など、近代文学の流れを作った十人の文豪によるエロティカル小説集。五感を刺激！
ん42

あさのあつこ、須賀しのぶ　ほか
マウンドの神様
聖地・甲子園を目指して切磋琢磨する球児たちの汗、涙、そして笑顔――。野球を愛する人気作家が個性あふれる筆致で紡ぎ出す、高校野球をめぐる八つの情景。
ん61

実業之日本社文庫 こ211

マル暴甘糟《ぼうあまかす》

2017年10月15日　初版第１刷発行
2025年８月５日　初版第10刷発行

著　者　今野《こんの》 敏《びん》

発行者　岩野裕一
発行所　株式会社実業之日本社
〒107-0062　東京都港区南青山6-6-22 emergence 2
電話［編集］03(6809)0473［販売］03(6809)0495
ホームページ https://www.j-n.co.jp/
印刷所　株式会社DNP出版プロダクツ
製本所　株式会社DNP出版プロダクツ

フォーマットデザイン　鈴木正道（Suzuki Design）

ISBN978-4-408-55385-6（第二文芸）